이방인

현대지성 클래식 **48**

이방인

L'ETRANGER

알베르 카뮈 | 윤예지 그림 | 유기환 옮김

현대
지성

일러두기

• 각주는 모두 옮긴이가 붙인 것입니다.

목
차

번역 초판본을 위한 옮긴이의 말

유기환

지금까지 여러 책을 우리말로 쓰기도 하고 옮기기도 했지만, 『이방인』*L'Étranger*을 우리말로 옮긴 책을 세상에 내놓는 것은 여간 조심스럽지 않다. 거기에는 소설에 내재된 이유도 있고, 외재된 이유도 있다. 말하자면 『이방인』은 문체를 강조하는 소설이기에 우리말로 옮기기가 몹시 어렵고, 이미 여러 차례 우리말로 번역되었기에 새로움을 부여하기도 쉽지 않다. 그럼에도 불구하고 번역을 감행한 것은 그것이 개인적으로 무척 오랜 꿈이었기 때문이다. 카뮈 연구로 석사학위를 받은 이후 카뮈의 책은 언제나 내 책장 한가운데 꽂혀 있었다. 그동안 카뮈의 『반항인』*L'Homme révolté*을 번역하기도 했고, 『알베르 카뮈』라는 작가론을 쓰기도 했다. 특히 『이방인』은 빈번한 강의를 통해 학생들과 함께 반복적으로 읽은 소설이다. 이처럼 적잖은 시간을 카뮈 문학과 함께 보낸 탓에 『이방인』 번역에 대한 열정이 커졌지만, 열정이 번역을 수월하게 해준 것은 결코 아니다.

물론 내용의 심화에 몰두하는 작가의 작품을 번역하는 일도 힘겹지만, 문체의 조탁에 전념하는 작가의 작품을 번역할 때는 번역 무용론까지 떠오를 정도로 고통스럽다. 사르트르, 바르트, 블랑쇼 등 동시대를 풍미한 프랑스 지식인들이 공히 『이방인』의 문체를 상찬하고 있다는 사실은 카뮈가 거기에 얼마나 심혈을 기울였는가를 짐작하게 해준다. 적어도 『이방인』의 경우, 문체를 온전히 옮기려고 애쓰지 않는 번역은 그것이 아무리 잘 읽힐지라도 최선의 번역이라고 할 수 없다. 이런 맥락에서 『이방인』 번역의 성패를 가르는 관건은 두 가지로 보인다. 하나는 작가의 스타일, 즉 카뮈의 문체를 되살리는 것이고, 다른 하나는 주인공의 스타일, 즉 뫼르소의 성격을 되살리는 것이다.

사르트르는 카뮈의 문장을 절묘하게도 '섬'에 비유했다. 개개의 문장은 마치 하나의 섬처럼 하나의 현재적 순간으로서 고독하게 존재하며, 그다음 문장과 무無에 의해 분리되고 결합한다. 이를테면 『이방인』의 문장은 단속적斷續的인 문장으로서 끊어짐과 이어짐을 동시에 수행한다. 그러므로 『이방인』을 번역할 때 한 문장을 둘로 나누거나 두 문장을 하나로 묶는 것은 절대 금물이다. 특히 카뮈는 하나의 문장 내에서도 'alors'(그래서), 'donc'(그러므로), 'parce que'(…이기 때문에) 등 이유나 결과를 나타내는 접속어를 써야 할 듯한 곳에서 등위접속사 'et'(그리고)를 고집스레 사용하는데, 그것은 문장과 문장, 절과 절을 대등하게 병치함으로써 모든 현재적 경험의 가치를 동일화하기 위함으로 보인다. 다시 말해 등위접속사 'et'는 『이방인』의 주제에 맞춰 선택된 형식이기에, 다소의 동어반복을 무릅쓰고서라도 최대한 우리말로 되살리려고 노력했다.

작중 인물의 경우 그의 언어를 제대로 옮기지 않으면 성격이 제대로 드러나지 않는다. 그런데 뫼르소는 더없이 과묵한 남자로 결코 불필요한 말을 하지 않기 때문에, 그의 언어를 옮기는 일은 곧 그의 침묵을 옮기는 일이 된다. 뫼르소의 성격, 뫼르소의 침묵과 관련하여 소설의 첫 문장 《Aujourd'hui, maman est morte.》의 번역은 실로 근원적인 중요성을 지닌다. 이 문장을 어떻게 옮기느냐에 따라 뫼르소의 성격이 선입견적으로 결정되기 때문이다. 예컨대 김화영 교수는 우리말 번역본에서 "이 소설의 첫머리에 나오는 죽음은 '어머니'의 죽음이 아니라 '엄마'의 죽음이다. 이것이 적어도 번역자의 작품 해석이다."라고 했다. 결과적으로 나 또한 'maman'을 '엄마'로 옮겼지만, 이렇게 결정하기까지 수없이 많은 갈등과 망설임이 있었다.

프랑스어 'mère'와 'maman'은 영어 'mother'와 'mom'에 일치한다. 'maman'은 어린이가 'mère'를 부르는 호칭으로 라루스 사전에도 "어린이가 자기 어머니를 부를 때 쓰는 말"이라고 정의되어 있다. 그렇다면 우리말 '엄마' 역시 쓰임새가 동일하므로 'maman'

을 '엄마'로 옮기면 되지 않을까? 그러나 문제가 그리 간단치만은 않다. 프랑스인의 경우 유년뿐만 아니라 청장년이 되어서도 'maman'을 쓰지만, 한국인의 경우 그런 사람이 많아지는 추세라고 해도 그것을 폭넓게 일반화하기는 힘들다(이런 까닭에 『이방인』 2부 2장의 면회실 장면에서 청년 죄수가 어머니와 헤어질 때 한 인사말 "Au revoir, maman."을 김화영 교수도 "안녕히 가세요, 어머니."로 옮기고 있다). 다시 말해 정밀한 쓰임새에서 '엄마'는 'maman'보다 더 소아적小兒的인 것으로 여겨진다. 『이방인』의 법정은 뫼르소가 사형선고를 받는 진정한 이유를 폭력적인 아랍인 살해가 아니라 부도덕한 어머니 장례에서 찾는다. 그렇다면 번역자에게는 'maman'이라는 호칭이 연상시키는 주관적 애정과 장례식 때의 태도가 연상시키는 객관적 거리를 모두 형상화해야 하는 지난한 과제가 남는데, 첫 문장 《Aujourd'hui, maman est morte.》를 어떻게 옮겨야 과제의 첫 단추를 올바르게 낄 수 있을까?

《Aujourd'hui, maman est morte.》를 우리말로 옮길 때 대략 네 가지 문장을 생각할 수 있으리라. ① "오늘, 엄마가 죽었다." ② "오늘, 엄마가 돌아가셨다." ③ "오늘, 어머니가 죽었다." ④ "오늘, 어머니가 돌아가셨다." 이 가운데 ②와 ③은 경어법에 일관성이 결여되어 자연스럽지 않다. 결국 어법의 일관성을 갖춘 ①과 ④ 중에서 선택할 수밖에 없는데, 아쉽게도 둘 역시 만족스럽지 않다. "오늘, 엄마가 죽었다."는 'mère'가 아니라 'maman'을 쓴 의도를 잘 드러내지만, 소설 전체를 아우르는 쟁점, 즉 뫼르소와 어머니 사이의 거리를 충분히 확보해주지는 못한다. "엄마"라는 어휘가 즉각적으로 뫼르소를 모성적 감수성에 젖은 남자, 심지어 유아적 본능이 잔존한 남자로 받아들이게 하기 때문이다. 한편 "오늘, 어머니가 돌아가셨다."는 구어가 아니라 문어의 어법에 잘 맞고 모자 사이의 거리를 확보한다는 장점이 있지만, 관행에 어긋나게 서술자가 경어를 쓴다는 단점이 있다. 게다가 어머니에 대한 공경의 뜻까지 담기므로 『이방인』의 문제의식을 온전히 전달하지 않는다.

『이방인』을 우리말로 옮기는 이라면 누구나 이 첫 문장이 번역의 아킬레스건임을 절감할 것이다. 최종적으로 "오늘, 엄마가 죽었다."라는 문장이 선택된 이유는 두 가지이다. 하나는 카뮈가 'mère'가 아니라 'maman'을 쓴 의도를 다른 번역문으로는 되살릴 수가 없었기 때문이고, 다른 하나는 출판 일정상 더 이상 결정을 미룰 수 없었기 때문이다. ('maman'을 모두 '엄마'로 옮긴 것은 아니다. 어머니를 화제로 한 의례적인 대화를 옮길 때는 직접화법뿐만 아니라 간접화법의 경우에도 '엄마'보다는 '어머니'로 옮기는 것이 자연스러웠기에 그렇게 했다.) 여하튼 뫼르소가 대부분의 작중 인물에게 패륜아라는 인상을 줄 정도로 어머니에 대해 거리를 두는 '이방인'임을 기억하면서, '엄마'라는 호칭의 의미망網을 우리말의 '엄마'보다는 프랑스어의 'maman'에 일치시키려고 애쓰면서 읽기를 권하고 싶다. 이 외에도 민사소송에서는 '피고'라고 칭하지만 형사소송에서는 '피고인'이라고 칭하므로 'accusé'를 '피고'가 아니라 '피고인'이라고 옮겼고, '관선변호인'보다 '국선변호인'이 더 적절한 표현이므로 'avocat d'office'를 '국선변호인'으로 옮겼으며, '변호사'는 직업이고 '변호인'은 형사소송에서 변론을 맡은 이를 가리키므로 'avocat'를 주로 '변호인'으로 옮겼음을 밝혀둔다.

철학자 리쾨르는 완벽한 번역이라는 이상을 포기하는 소위 '애도 작업'을 통해 번역을 행복한 도전으로 만들어야 하며, 언어를 통해 저자와 독자의 만남을 마련하는 "언어적 손님맞이hospitalité langagière"를 해야 한다고 말한 바 있다. 그러나 번역을 할 때마다 '언어적 손님맞이'란 창작에 어울리는 표현이고, 번역에 어울리는 표현은 '언어적 고용살이'가 아닐까 하는 생각이 든다. 이 고용살이가 언제나 힘들지만, 그래도 이번에는 특별한 즐거움이 있었다. 학창 시절부터 카뮈의 문체, 특히 『이방인』의 문체를 글쓰기의 본보기로 삼았던 터라 번역하는 내내 그 정수에 흠뻑 빠졌다. 「옮긴이의 말」에서는 주로 '어떻게 『이방인』을 번역할 것인가'라는 문제를 논한 까닭에, 정작 카뮈가 누구이고 『이방인』이 무엇인가라는 문제를 다룰 틈이 없었다. 책의 말미에 「알베르 카뮈와 『이방인』」이라는 소론을 붙여둔 것은 이런 문제에 답하기 위해서이다. 끝으로 탈고가 늦어졌음에도 신뢰로 기다려준 출판사에게 고마움을 전한다.

2014년 11월

번역 개정판을 위한 옮긴이의 말

유기환

『이방인』을 번역한 지 6년 만에 출판사를 옮겨 개정판을 내면서 몇 가지를 보완했다. 무엇보다 번역문 자체를 꼼꼼하게 다시 읽으며 정확성을 더하고자 애썼고, 특히 카뮈의 문체를 더욱 온전하게 전하고자 최선을 다했다. 그리고『이방인』에 대한 독자의 이해를 심화하기 위해, 초판본에 실린 옮긴이의「해제」외에『이방인』에 대한 카뮈 자신의 글을 번역하여 실었다.

　『이방인』에 대한 카뮈의 글은『이방인』의 미국판에 붙인「서문」(1955)과『작가 수첩』*Carnets* 가운데 1942년에 기록한『이방인』관련 노트들이다.『이방인』의 미국판 서문은 작가 자신이 드물게 『이방인』의 의미를 요약적으로 설명하고 있기에 비상한 중요성을 지닌다. 그리고『이방인』이 1942년에 출판되었다는 사실을 고려하면, 1942년에 쓰인 『작가 수첩』의 『이방인』 관련 노트들은 집필과 출판의 열기가 가시기 전에 작가가 들려주는 생생한 육성 논평이라고 해도 과언이 아니리라.

독서 지도 시간에 학생들이 20세기 프랑스 소설 가운데 한 편을, 19세기 프랑스 소설 가운데 한 편을 추천해 달라고 요청할 때가 있다. 프랑스 문학의 다양한 명작 가운데 어떻게 이 한 편의 소설, 저 한 편의 소설이 가장 좋다고 단언할 수 있을까. 그럼에도 젊은 시절의 독서라는 전제하에서, 나는 학생들의 요청에 이렇게 대답하곤 한다.

"삶과 죽음의 막막함, 고정관념과 기성질서가 무엇인지 알고 싶다면 카뮈의 『이방인』을, 청년의 욕망과 열정, 젊음의 순수성과 염결성이 무엇인지 알고 싶다면 스탕달의 『적과 흑』*Le Rouge et le noir*을 읽는 것이 좋을 성싶다."

그렇게 대답하면서 두 소설을 다시 읽다 보면, 글쓰기 스타일은 전혀 다르지만 두 소설이 일면 유사한 소재와 주제를 다루고 있어서 나조차 깜짝 놀라곤 한다. 예를 들어 『이방인』의 뫼르소와 『적과 흑』의 쥘리엥 소렐은 각기 자기 사회의 고정관념과 기성질서를 따르지 않았기에 사회로부터 배제되며, 그들의 재판 과정은 동시대 사법제도에 대한 신랄한 비판의 성격을 띤다. 그리고 몹시 젊은 나이임에도 그들은 둘 다 감옥에서 자신의 삶을 철학적으로 정리한 끝에 자살과도 같은 사형을 선택한다.*

카뮈가 어느 정도로 스탕달의 영향을 받았는지는 알 수 없는 일이지만, 흥미롭게도 카뮈는 직접적으로 스탕달을 평가한 적이 있다. 『이방인』을 일컬어 '헤밍웨이가 쓴 카프카', 즉 행동주의적 기법으로 쓴 부조리 문학이라는 평이 일반화되었을 때, 카뮈는 다음과 같은 스탕달론論으로 이를 반박했다. "나는 한 명의 스탕달을 백 명의 헤밍웨이와 바꾸지 않겠다."**

어떤 면에서 카프카와 함께 현대소설의 문을 연 작가이지만, 카뮈는 결코 소설을 기법의 실험실로 생각하지 않았다. 1959년 12월 20일 생전의 마지막 인터뷰를 떠올려보라. "현대예술의 오류는 목적보다 수단을, 실질보다 형식을, 주제보다 기법을 앞세운다는 데 있다. […] 나는 내 작품에서 주제에 형식을 맞추었다, 그것뿐이다."*** 이를테면 주인공 뫼르소는 부조리를 의식하는 인간, 즉 부조리 인간이기에 한 사회의 이방인이 되었고, 서술자 뫼르소는 그 이방인이 취하는 평준화된 행동을 그리기 위해 새롭고 중성적

---

* 뫼르소는 식민지 알제리 법정에 선 백인이었고 쥘리엥 소렐은 자신을 사랑하는 대귀족 마틸드 드 라 몰이 구명책을 준비한 까닭에, 둘 다 법정에서 요령 있게 행동했더라면 사형을 면했으리라는 것이 중론이다.

** Pierre-Louis Rey, *L'Etranger Camus*, Hatier, 1970, p. 58.

*** Albert Camus, *Oeuvres complètes* : *Essais*, Bibliothèque de de la Pléiade, Gallimard, 1965, p. 1927.

이방인

인 문체를 사용했다. 『이방인』 읽기에서 가장 중요한 것은 주제에 맞추어 형식이 선택되었다는 사실, 그 간단한 사실을 기억하는 게 아닐까.

2023년 2월

『이방인』의 미국판 서문[*]

알베르 카뮈

나는 오래전에 나 자신도 역설적이라고 인정하는 한 문장으로『이방인』을 요약한 바 있다. "우리 사회에서 모름지기 어머니의 장례식에서 울지 않는 사람은 사형 선고를 받을 위험이 있다." 이 문장으로 나는 책의 주인공이 연극에 동참하지 않기 때문에 사형 선고를 받는다고 말하고 싶었다. 그는 자신이 사는 사회의 이방인이며, 지극히 사적이고 고독하고 감각적인 생활을 영위하면서 변두리의 주변인으로 겉돈다. 바로 이런 까닭에 독자들은 그를 하나의 표류

---

[*] 1955년 1월 8일에 서명된 글인데, 1958년 런던의 메튜언 출판사 판본에 게재된다. Albert Camus, ≪Préface à l'édition universitaire américaine≫ dans *Oeuvres complètes : Théâtre, Récits, Nouvelles*, Bibliothèque de de la Pléiade, Gallimard, 1962, pp. 1928-1929.

물로 간주하고 싶은 유혹을 느끼는 것이다. 그렇지만 왜 그가 연극에 동참하지 않는지 자문한다면, 우리는 그 인물에 대한 좀 더 정확한 생각을, 어쨌든 작가의 의도에 좀 더 걸맞은 생각을 가지게 되리라. 대답은 간단하다. 요컨대 그는 거짓말하기를 거부한다. 실재하지 않는 것을 말하는 것만이 거짓말은 아니다. 그것은 또한, 아니 그것은 특히 실재하는 것 이상을 말하는 것이고, 인간의 마음에 관해서는 자신이 느끼는 것 이상을 말하는 것이다. 이것은 삶을 단순화하기 위해 우리가 날마다 행하는 일이다. 겉보기와는 반대로, 뫼르소는 삶을 단순화하려고 하지 않는다. 그는 실제 있는 그대로 말하고, 자신의 감정을 숨기지 않는다. 이렇게 되면, 사회는 즉시 위협받는다고 느낀다. 예컨대 사람들은 관행에 따라 자신의 죄를 뉘우친다고 말하도록 그에게 요구한다. 이와 관련하여, 그는 진정한 뉘우침보다는 차라리 일종의 난처함을 느낀다고 대답한다. 그가 사형 선고를 받는 것은 바로 이런 뉘앙스 때문이다.

그러므로 내가 보기에 뫼르소는 표류물이 아니라 어둠을 남기지 않는 태양을 사랑하는 인간, 가난하지만 가식 없이 솔직한 인간이다. 그리고 그에게 일체의 감수성이 부재하기는커녕 집요하고도 깊은 열정, 절대와 진실에 대한 열정이 그에게 활력을 불어넣는다. 중요한 것은 아직은 소극적인 진실, 존재하고 느낀다는 진실, 하지만 그것 없이는 자아와 세계에 대한 어떤 정복도 가능하지 않다는 진실이다.

『이방인』에서 아무런 영웅적인 태도를 취하지 않으면서도 진실을 위해 죽음을 불사하는 한 인간의 이야기를 읽는다면, 그것은 크게 틀린 독법이 아니리라. 여전히 역설적인 의미에서 한 말이지만, 어디선가 나는 내 인물을 통해서 우리에게 어울리는 단 하나의 그리스도를 그리려 했었다고 말한 적이 있다. 설명을 충분히 했으므로 여러분은 내가 아무런 신성모독적인 의도 없이, 단지 한 예술가가 자신이 창조한 인물에 대해 느낄 권리가 있는 다소 아이러니한 애정으로 그렇게 말했다는 사실을 이해할 수 있을 것이다.

1955년 1월 8일

1

1

오늘, 엄마가 죽었다. 어쩌면 어제, 잘 모르겠다. 양로원으로부터 전보 한 통을 받았다. "모친 사망. 내일 장례식. 근조." 그것만으로는 아무것도 알 수 없다. 아마 어제였으리라.

양로원은 알제에서 80킬로미터 떨어진 마렝고에 있다. 두 시에 버스를 타면 오후에 도착할 것이다. 그러면 밤샘을 할 수 있을 것이고, 내일 저녁이면 돌아올 것이다. 사장에게 이틀 휴가를 신청했는데, 그는 이유가 이유인 만큼 거부할 수 없었다. 하지만 그는 못마땅한 듯했다. 나는 나도 모르게 이렇게 말했다. "제 잘못이 아닙니다." 그는 대꾸하지 않았다. 그러자 나는 그런 말까지 할 필요가 없었으리라고 생각했다. 요컨대 내가 변명할 일이 아니었다. 오히려 사장이 내게 애도를 표해야 할 일이었다. 어쨌든 모레 상복을 입은 나를 보면 그때는 애도를 표하리라. 나로서도 지금 당장은 엄마가 죽었다는 사실이 실감나지 않는다. 그렇지만 장례를 치르고 나면 그것은 하나의 분류된 사건이 될 것이고, 모든 게 좀 더 공식적인 색채를 띨 것이다.

나는 2시에 버스를 탔다. 날씨가 몹시 더웠다. 나는 여느 때처럼 셀레스트 식당에서 점심 식사를 했다. 식당에 있던 이들은 모두 내게 조의를 표했고, 셀레스트는 내게 이렇게 말했다. "이 세상에 어머니란 단 한 분밖에 안 계시죠." 내가 자리에서 일어났을 때, 그들은 나를 출입구까지 배웅했다. 에마뉘엘의 집으로 올라가서 검은색 넥타이와 완장을 빌려야 했는데, 그 일이 다소 성가시게 느껴졌다. 에마뉘엘은 몇 달 전에 큰아버지를 여의었다.

나는 버스를 놓치지 않으려고 뛰어갔다. 그 서두름, 달음박질, 게다가 버스의 덜컹거림, 휘발유 냄새, 도로와 하늘에 비치는 눈부신 햇빛, 아마도 그 모든 것 때문에 설핏 잠이 들었던 것 같다. 나는 버스가 달리는 내내 거의 눈을 뜨지 않았다. 잠에서 깨었을 때 나는 어떤 군인의 어깨에 기대어 있었는데, 그는 내게 미소 지으며 멀리서 오는 길이냐고 물었다. 더 이상 말을 잇지 않기 위해 나는 "예" 하고 말했다.

양로원은 마을에서 2킬로미터 떨어진 곳에 있었다. 나는 걸어갔다. 도착하자마자 나는 엄마를 보려고 했다. 그러나 문지기가 내게 먼저 원장을 만나야 한다고 말했다. 원장이 바빴기 때문에, 나는 잠시 기다렸다. 기다리는 동안 문지기가 쉼 없이 말을 했고, 뒤이어

나는 원장을 만났다. 원장은 사무실에서 나를 맞이했다. 그는 자그마한 체구의 노인으로 레지옹 도뇌르 훈장을 달고 있었다. 그는 투명한 눈빛으로 나를 바라보았다. 이어서 내 손을 잡고 너무도 오래 악수를 한 탓에 나는 내 손을 어떻게 빼내야 할지 몰랐다. 서류 하나를 살펴보더니 그는 내게 이렇게 말했다. "뫼르소 부인은 3년 전에 여기로 오셨습니다. 당신이 유일한 핏줄이었더군요." 나는 그가 무엇인가 나를 탓한다고 생각했기에 설명을 하기 시작했다. 하지만 그가 내 말을 끊었다. "해명하실 필요 없어요, 아드님. 어머니의 서류를 읽어봤습니다. 당신은 어머니를 부양할 형편이 못 됐어요. 어머니에겐 보호자가 필요했지만 말입니다. 당신 월급이 충분치 않았지요. 아무튼 어머니는 여기서 더 행복했습니다." 나는 이렇게 말했다. "예, 원장님." 그가 덧붙였다. "아시다시피 여기에는 친구들도 있었고, 동년배들도 있었지요. 그분들과 함께 옛 시절의 추억을 되새길 수도 있었지요. 젊은 당신과 함께 살았으면 틀림없이 힘들어하셨을 겁니다."

사실이었다. 집에 있었을 때, 엄마는 말없이 시선으로 나를 좇으며 시간을 보내곤 했다. 양로원에 들어갔을 때 엄마는 처음 며칠 동안 자꾸만 울었다. 하지만 그것은 습관 때문이었다. 몇 달이 지난 후에는 양로원에서 나오라고 하면 도리어 울었을 것이다. 여전히 습관 때문에. 지난 일 년 동안 내가 양로원을 거의 찾지 않았던 데에는 그런 이유도 조금은 있었다. 물론 일요일을 빼앗기고 싶지 않았기 때문이기도 했다. 정류소에 가고, 표를 사고, 두 시간 동안 버스에 몸을 실어야 하는 번거로움은 셈하지 않더라도 말이다.

원장은 말을 계속했다. 그러나 나는 거의 귀를 기울이지 않았다. 뒤이어 그는 이렇게 말했다. "어머니를 보고 싶으실 테지요." 나는 아무 말 없이 자리에서 일어났고, 그가 앞장서서 문으로 향했다. 계단에서 그가 내게 설명했다. "어머니를 영안실에 모셔두었습니다. 다른 재원자들이 동요하면 안 되니까요. 재원자가 사망할 때마다, 다른 재원자들이 이삼 일 동안 신경이 날카로워집니다. 그러면 일하기가 힘들어져요." 우리는 안마당을 가로질렀는데, 거기서 여러 노인이 삼삼오오 무리를 지어 잡담을 나누고 있었다. 우리가 지나갈 때, 그들은 입을 다물었다. 연이어 등 뒤에서 대화가 재개되었다. 그것은 앵무새들이 나직이 조잘거리는 소리처럼 들렸다. 작은 건물의 출입구에서 원장은 나를 두고 떠났다. "가보겠습니다, 뫼르소 씨. 도움을 청하실 일이 있으면 언제든지 제 사무실로 오세요. 장례는 별일이 없으면 아침 10시에 시작하도록 지시해놓았습니다. 그래야 당신이 고인 곁에서 밤샘하실 수 있을 테니까요. 마지막으로 한 가지만 더 말씀드리지요. 어머니께서 동료들에게 종교적인 장례를 원한다고 자주 이야기하신 듯합니다. 제가 필요한 조처를 취해두었습니다. 어쨌든 미리 알고 계셔야 할 것 같아서 말씀드립니다." 나는 그에게 고맙다고 했다. 무신론자는 아닐망정, 엄마는 생전에 결코 종교를 생각하지 않았다.

나는 안으로 들어갔다. 그것은 하얗게 회칠이 되고 큰 유리창이 있는 매우 밝은 방이었다. 방에는 의자들과 X자형 받침대들이 있었다. 그중 두 받침대가 방 한가운데 뚜껑이 덮인 관을 지탱하고 있었다. 눈에 띄는 것이라고는 살짝 박아놓은 탓에 갈색 판자 위에서 도드라져 보이는, 반짝이는 나사못들밖에 없었다. 관 옆에는 하얀 가운을 입은 아랍인 간호사가 있었는데, 그녀는 선명한 색깔의 스카프를 머리에 두르고 있었다.

바로 그때, 내 등 뒤로 문지기가 들어왔다. 그는 뛰어온 게 분명했다. 숨이 차서 더듬더듬 말했다. "관 뚜껑을 덮어두었죠. 어머니를 보실 수 있도록 나사못을 빼야겠습니다." 그가 관으로 다가갔을 때, 내가 멈춰 세웠다. 그가 말했다. "보고 싶지 않으세요?" 내가 대답했다. "예." 그가 동작을 멈추었고, 나는 그렇게 말하지 않았어야 했다는 느낌이 들어서 거북했다. 잠시 후, 그가 나를 보며 이렇게 물었다. "왜요?" 그러나 질문에 비난의 뜻은 없었고, 단순히 이유를 알고 싶은 듯했다. 내가 대답했다. "모르겠습니다." 그러자 그는 하얀 콧수염을 꼬면서 나를 쳐다보지도 않고 이렇게 말했다. "이해가 갑니다." 그는 연푸른색 눈이 아름다웠고, 안색이 약간 붉었다. 그는 내게 의자를 내민 다음, 내 뒤에 조금 떨어져서 앉았다. 간호사가 일어나서 출구를 향했다. 그때 문지기가 내게 말했다. "종양때문에 저래요." 나는 무슨 말인지 몰라 간호사 쪽으로 고개를 돌렸는데, 두 눈 밑으로 머리를 한 바퀴 돌려 감은 붕대가 보였다. 코언저리에서 붕대가 편평했다. 그녀의 얼굴에서 보이는 것이라고는 하얀 붕대밖에 없었다.

간호사가 떠났을 때, 문지기가 말했다. "이만 가볼게요." 내가 어떤 몸짓을 했는지 모르겠지만, 그는 내 뒤에 그대로 서 있었다. 등 뒤에 있는 그의 존재 때문에 신경이 쓰였다. 방은 저물어가는 오후의 아름다운 햇살로 가득했다. 말벌 두 마리가 유리창에 부딪혀서 붕붕거렸다. 나는 졸음이 엄습하는 것을 느꼈다. 고개를 돌리지 않은 채 문지기에게 물었다. "여기에 들어오신 지 오래되었습니까?" 그는 진작부터 질문을 기다렸다는 듯 즉시 대답했다. "5년 되었습니다."

뒤이어 그는 한참 동안 수다를 떨었다. 그가 마렝고 양로원에서 문지기로 생을 마감하리라고 누군가 말해주었더라면, 그는 화들짝 놀랐을 것이다. 그는 예순네 살이었고, 파리 출신이었다. "아, 이 지방 사람이 아니세요?" 그러자 나는 그가 나를 원장실로 안내하기 전에 엄마에 대해 말했던 것이 떠올랐다. 평원, 특히 이 고장은 날씨가 더워 장례를 서둘러야 한다고 그가 말했었다. 자신이 파리에서 살았으며 좀체 파리를 잊을 수가 없다고 이야기한 것이 바로 그때였다. 파리에서는 보통 사흘, 가끔은 나흘간 고인을 지켰다. 하지만 여기서는 그럴 시간이 없으며, 사람이 죽자마자 영구차를 뒤쫓아야 하니 도무지 적응이 안 된다는 것이었다. 그때 문지기의 아내가 말했다. "조용히 해요, 그런 건 이분께 드릴 말씀이 아니잖아요." 노인은 얼굴을 붉히며 사과했다. 내가 끼어들며 이렇게 말했다. "아녜요. 아녜요." 나는 그가 하는 이야기가 옳고 또 재미있다고 생각했다.

문지기는 자그마한 영안실에서 자기가 극빈자로 양로원에 들어왔었다고 알려주었다. 그러나 아직도 자신이 쓸 만하다고 느꼈기 때문에, 문지기 노릇을 자청했다. 나는 그도 결국 재원자라는 사실을 지적했다. 그는 아니라고 했다. 나는 그가 재원자들을 지칭하는 방식에 대해 이미 놀랐었다. 그는 재원자들을 "그들", "다른 사람들", 심지어 "늙은이들"이라고 불렀는데, 재원자들 가운데 몇몇은 그보다 나이가 많지도 않았다. 하기야 당연히 경우가 달랐다. 그는 문지기였고, 그들에 대해 일정한 권한을 가지고 있었다.

그때 간호사가 들어왔다. 갑자기 저녁이 되었다. 유리창 너머로 금세 어둠이 짙어졌다. 문지기가 스위치를 돌리자 별안간 분출되는 불빛에 눈앞이 캄캄해졌다. 그는 내게 간이식당으로 가서 저녁 식사를 하라고 권했다. 그렇지만 나는 배가 고프지 않았다. 그는 밀크커피를 한 잔 갖다주겠다고 했다. 밀크커피를 무척 좋아했기 때문에 나는 제안을 받아들였고, 그는 잠시 후에 쟁반을 들고 돌아왔다. 나는 밀크커피를 마셨다. 그러자 나는 담배가 피우고 싶어졌다. 하지만 엄마 시신 앞에서 그렇게 해도 되는 건지 몰라 망설였다. 잠시 생각해보니, 사실 그런 것은 전혀 중요하지 않았다. 나는 문지기에게 담배를 권했고, 우리는 담배를 피웠다.

문득 그가 내게 말했다. "잠시 후에 모친의 친구분들이 밤샘하러 오실 겁니다. 관행이죠. 의자와 커피를 가지러 가야겠습니다." 나는 그에게 전등 하나를 끌 수 있느냐고 물었다. 하얀 벽에서 반사되는 불빛 때문에 피로감이 느껴졌다. 그는 그럴 수 없다고 했다. 설비가 그렇게 되어 있었다. 모두 켜든지 모두 끄든지 둘 중 하나만

가능했다. 나는 그에게 더 이상 신경 쓰지 않았다. 그는 밖으로 나 갔다가 되돌아와서 의자들을 배치했다. 의자 하나 위에 커피포트를 놓았고, 그 둘레에 잔을 쌓아 올렸다. 그런 다음 그는 엄마 건너편 에, 내 맞은편에 앉았다. 간호사는 등을 돌린 채 안쪽에 자리를 잡 고 있었다. 그녀가 무엇을 하는지 보이지 않았다. 하지만 그녀의 팔 동작으로 미루어 뜨개질을 하는 것 같았다. 실내가 포근했고, 커피 가 몸을 덥혔고, 열린 문을 통해 밤 내음과 꽃향기가 들어왔다. 나 는 설핏 잠이 들었던 것 같다.

무엇인가 스치는 소리에 잠이 깼다. 눈을 감고 있었던 탓에, 새 하얀 실내가 한층 더 눈부셨다. 눈앞에 어둠 한 점 없었고, 물건 하 나하나, 모서리 하나하나, 곡선 하나하나가 눈이 아플 정도로 선명 하게 드러났다. 엄마의 친구들이 들어온 것은 바로 그때였다. 모두 십여 명이었고, 눈을 멀게 하는 그 빛 속으로 조용히 들어왔다. 모 두가 자리에 앉을 때까지 의자 하나 삐걱거리지 않았다. 나는 지금 까지 사람을 목격한 적이 없었던 양 그들을 바라보았는데, 얼굴이 나 옷차림 어느 한구석도 놓치지 않았다. 그러나 아무도 말을 하지 않았기에, 나는 그들의 존재를 실감하기 어려웠다. 여자들은 거의 모두 앞치마를 두르고 있었고, 허리를 조인 끈이 그러잖아도 불룩 한 배를 더욱 두드러져 보이게 했다. 나는 여태까지 늙은 여자들의 배가 얼마나 커질 수 있는지 한 번도 눈여겨본 적이 없었다. 남자들 은 거의 다 몹시 야위었고, 손에 지팡이를 쥐고 있었다. 그들의 얼 굴에서 나를 놀라게 한 것은 눈이 보이는 게 아니라 주름살의 둥지

한가운데 광채 없는 눈빛만이 보인다는 사실이었다. 자리에 앉은 그들 대부분은 이 없는 입에 입술이 먹힌 채 나를 쳐다보며 힘겹게 고개를 끄덕였는데, 나로서는 그것이 인사인지 습관인지 분간하기 어려웠다. 아마도 인사를 한 게 아닌가 싶다. 바로 그때, 나는 그들 모두가 문지기를 둘러싼 채 나를 마주하고 앉아 고개를 흔들고 있다는 것을 알아차렸다. 한순간, 나는 그들이 나를 심판하기 위해 이 자리에 온 게 아닌가 하는 엉뚱한 느낌이 들었다.

잠시 후, 여자들 가운데 하나가 울기 시작했다. 두 번째 줄에 앉은 그녀는 다른 여자에게 가려져서 잘 보이지 않았다. 그녀는 일정한 흐느낌으로 나지막이 울었다. 그 울음은 도무지 끝나지 않을 듯했다. 다른 사람들 귀에는 그 울음이 들리지 않는 모양이었다. 그들에게는 기력도, 생기도, 말도 없었다. 그들은 각자 관이나 지팡이 또는 아무것이나 바라보고 있었는데, 오직 그것만을 바라보았다. 그 여자는 여전히 울고 있었다. 내가 그녀를 모른다는 사실이 몹시 놀라웠다. 그 울음소리를 더 이상 듣고 싶지 않았다. 그렇지만 그녀에게 감히 그렇게 말할 수가 없었다. 문지기가 그녀 쪽으로 몸을 기울인 채 말을 했지만, 그녀는 고개를 흔들며 무엇인가 중얼거렸고, 계속해서 똑같은 흐느낌으로 울었다. 그때 문지기가 내 쪽으로 왔다. 그는 곁에 앉았다. 한동안 잠자코 있다가 나를 쳐다보지도 않고 설명해주었다. "그녀가 모친과 아주 가까웠죠. 여기서 모친이 유일한 친구였는데, 이제 외톨이가 되었다고 합니다."

우리는 오래도록 그렇게 앉아 있었다. 여자의 한숨과 흐느낌이

이방인

뜸해졌다. 그녀는 코를 몹시 훌쩍거렸다. 이윽고 그녀가 조용해졌다. 더 이상 졸리지는 않았지만, 나는 피곤했고 허리가 아팠다. 이제 나를 힘들게 하는 것은 이 모든 사람의 침묵이었다. 간간이 이상한 소리가 들렸는데, 그것이 무엇인지 짐작할 수 없었다. 마침내 나는 그것이 노인들 가운데 몇몇이 볼 안쪽을 빨면서 기이하게 혀를 차는 소리라는 것을 알았다. 그들은 깊은 상념에 빠져 그것을 의식하지 못했다. 심지어 나는 그들 한가운데 놓인 이 주검이 그들에게 아무런 의미가 없으리라는 느낌마저 들었다. 그러나 지금 생각해보면 그것은 잘못된 느낌이었다.

우리는 모두 문지기가 따라준 커피를 마셨다. 그 이후의 일은 나도 모르겠다. 밤이 지나갔다. 내가 기억하는 것은 한순간 눈을 떴을 때 노인들이 몸을 숙이고 잠든 모습이 보였는데, 오직 한 노인만이 지팡이를 쥔 두 손등에 턱을 괸 채 내가 잠에서 깨기만을 기다렸다는 듯 나를 뚫어지게 바라보고 있었다는 사실뿐이다. 그런 다음 나는 다시 잠이 들었다. 나는 허리가 점점 더 아팠기 때문에 잠에서 깼다. 햇빛이 유리창 위로 미끄러지고 있었다. 잠시 후, 노인들 가운데 하나가 잠에서 깨더니 심하게 기침을 했다. 그는 커다란 격자무늬 손수건에 가래를 뱉었는데, 가래를 뱉을 때마다 혀가 뽑혀 나갈 듯했다. 그 바람에 다른 노인들이 잠에서 깼고, 문지기가 그들에게 떠나야 할 때라고 말했다. 그들은 일어섰다. 이 불편한 밤샘으로 그들의 얼굴은 잿빛이 되었다. 밖으로 나가면서 그들 모두가 내 손을 꼭 잡는 바람에 나는 깜짝 놀랐다. 마치 우리가 한마디

도 나누지 않은 지난밤이 우리를 더없이 친밀한 사이로 만들기라
도 한 듯 말이다.

　나는 피곤했다. 문지기가 나를 자기 거처로 안내했고, 나는 거
기서 간단하게 세수를 할 수 있었다. 다시 밀크커피를 마셨는데, 맛
이 아주 좋았다. 밖으로 나오자, 날이 완전히 밝았다. 마렝고와 바
다를 가르는 언덕 너머로 온통 붉게 물든 하늘이 보였다. 언덕 위로
지나가는 바람이 여기까지 소금 냄새를 실어왔다. 아름다운 하루가
시작되고 있었다. 전원으로 나가본 지 오래되었기에, 나는 엄마가
없다면 얼마나 즐겁게 산책할 수 있을까 하고 생각했다.

　그러나 나는 안마당 플라타너스 아래에서 기다렸다. 신선한 흙
냄새를 들이켰고, 더 이상 졸리지 않았다. 사무실 동료들이 생각났
다. 이 시간이면 출근하기 위해 잠자리에서 일어나야 했다. 내겐 늘
가장 힘든 시간이었다. 잠시 이런 생각에 잠겼지만, 건물 안에서 울
리는 종소리 때문에 주의가 흐트러졌다. 창문 너머에서 소란이 일
더니, 이내 잠잠해졌다. 해가 좀 더 하늘 위로 솟아 있었다. 햇살 덕
분에 두 발이 따뜻해졌다. 문지기가 안마당을 가로지르며 원장이
나를 찾고 있다고 했다. 나는 원장실로 갔다. 그는 나로 하여금 몇
몇 서류에 서명하게 했다. 그가 검은색 상의에 줄무늬 바지를 입은
게 눈에 띄었다. 그는 수화기를 손에 들고 내게 말했다. "장의 인부
들이 벌써 와 있어요. 장의 인부들에게 영안실로 가서 관을 닫으라
고 할 참입니다. 그 전에 어머님을 마지막으로 보시겠습니까?" 나
는 아니라고 했다. 그는 목소리를 낮추며 수화기에 대고 지시했다.

　　　　　　　이방인

"페자크, 인부들에게 영안실로 가도 좋다고 하게."

뒤이어 그가 자기도 장례식에 참석할 거라고 말했고, 나는 고 맙다고 인사했다. 그는 책상 건너편에 앉았고, 짧은 두 다리를 꼬았 다. 그는 나와 자기만 당직 간호사와 함께 장례식에 참석할 것임을 알려주었다. 원칙적으로 재원자들은 장례식에 참석하지 못했다. 다 만 밤샘이 허용될 뿐이었다. "인간적 차원의 문제지요." 하고 그가 말했다. 그렇지만 이번에는 특별히 어머니의 오랜 남자친구에게 장 례 행렬을 따라갈 수 있도록 허락했다. "토마 페레 영감님입니다." 그는 이렇게 말하며 미소 지었다. 그가 다시 말했다. "아시다시피 다소 유치한 감정이죠. 영감님과 어머님은 한시도 떨어지지 않았습 니다. 양로원에서는 모두가 두 분을 놀리며 페레 영감님에게 이렇 게 말하곤 했지요. '당신 약혼녀잖소.' 그러면 영감님은 웃음을 터 뜨렸습니다. 두 분은 그게 즐거웠던 거지요. 어쨌든 뫼르소 부인의 죽음으로 영감님이 크게 상심한 게 사실입니다. 저로서는 허락하지 않을 도리가 없었어요. 하지만 왕진 의사의 권고에 따라 어젯밤 밤 샘만은 금했습니다."

우리는 한참 동안 말이 없었다. 원장은 일어서서 사무실 창으 로 밖을 바라보았다. 창밖을 보던 그가 말했다. "마렝고의 사제님이 벌써 도착하셨네. 예정보다 일찍 오셨구먼." 마을에 있는 교회까지 가려면 족히 45분은 걸어야 하리라고 그가 내게 알려주었다. 우리 는 아래로 내려갔다. 영안실 건물 앞에는 사제와 두 복사服事 아동 이 있었다. 복사 아동 하나가 향로를 들고 있었고, 사제는 그 아이

쪽으로 몸을 숙인 채 은사슬의 길이를 조절해주고 있었다. 우리가 건물 앞에 도착했을 때, 사제가 몸을 일으켰다. 그는 나를 "내 아들"이라고 부르며 몇 마디 위로의 말을 건넸다. 그가 건물 안으로 들어갔다. 나는 그를 따라갔다.

관에 나사못이 완전히 박힌 것이 한눈에 들어왔고, 실내에는 검은색 옷을 입은 남자 넷이 있었다. 바로 그때 영구마차가 길에서 기다리고 있다고 원장이 내게 말하는 소리가 들렸고, 사제가 기도문을 읊조리기 시작했다. 이때부터 모든 것이 매우 빠르게 진행되었다. 남자들이 천을 들고 관을 향해 나아갔다. 사제, 두 복사 아동, 원장 그리고 나는 밖으로 나왔다. 문 앞에는 내가 알지 못하는 부인이 서 있었다. "뫼르소 씨입니다." 하고 원장이 말했다. 나는 그 부인의 이름을 알아듣지 못했지만, 그 부인이 당직 간호사임을 알아차렸다. 그녀는 웃는 기색도 없이 깡마르고 긴 얼굴을 가볍게 숙였다. 뒤이어 우리는 관이 지나갈 수 있도록 옆으로 비켜섰다. 우리는 관을 든 사람들을 따라갔고, 양로원에서 나왔다. 양로원 문 앞에는 영구마차가 있었다. 니스를 칠한 듯 반들반들 윤이 나고 길쭉한 영구마차는 필통을 연상케 했다. 영구마차 옆에는 키가 작고 우스꽝스럽게 옷을 차려입은 호상차지護喪次知와 꿰다놓은 보릿자루처럼 어색하게 서 있는 노인이 보였다. 나는 그 노인이 페레 씨일 거라고 생각했다. 그는 윗부분이 둥글고 전두리가 넓은 헐렁한 중절모를 쓰고 있었고(그는 관이 문 앞을 지나갈 때 그것을 벗었다.), 바지 자락이 구두 위로 둘둘 말린 양복을 입고 있었으며, 하얀색 와이셔츠의 커다란 깃에 비해 너무나 작은 검은색 리본을 매고 있었다. 그의 입술이 검버섯으로 가득한 코 밑에서 바르르 떨렸다. 기이하게 생긴 두 귀, 쫑긋거리는 데다 귓바퀴가 흉하게 말린 두 귀가 가느다란 백발 때문에 도드라져 보였는데, 얼굴은 창백했지만 두 귀는 핏빛처럼 붉어서 몹시 놀라웠다. 호상차지가 우리의 위치를 정해주었다. 사제가 맨 앞이었고, 영구마차가 그다음이었다. 네 남자가 영구마차를 둘러쌌다. 그 뒤에 원장과 내가 섰고, 당직 간호사와 페레 씨가 행렬의 끝을 이루었다.

하늘은 벌써 태양으로 가득 차 있었다. 태양이 대지를 짓누르기 시작했고, 열기가 빠르게 올라왔다. 나는 왜 우리가 출발하기 전에 그토록 오래 기다렸는지 모른다. 어두운 상복을 입은 탓에 나는 더웠다. 모자를 쓰고 있던 키 작은 노인이 다시 모자를 벗었다. 내가 약간 몸을 틀어 노인을 보았을 때, 원장이 내게 노인에 대해서 이야기했다. 그는 저녁이면 엄마와 페레 씨가 간호사를 동반한 채 마을까지 산책하곤 했었다고 말했다. 나는 주위의 벌판을 바라보았다. 하늘에 맞닿은 언덕까지 줄지어 늘어선 사이프러스 나무들, 적갈색과 초록색의 대지, 드문드문 흩어져 있으나 윤곽이 뚜렷한 집들을 보았을 때, 나는 엄마를 이해할 수 있었다. 이 고장에서 저녁이란 우수에 찬 휴식과도 같았으리라. 오늘은 풍경을 일렁이게 하는 끓어 넘치는 태양이 이 고장을 비인간적이고 위압적인 것으로 만들고 있었다.

우리는 걷기 시작했다. 바로 그때 나는 페레 영감이 다리를 가볍게 전다는 것을 알아차렸다. 영구마차가 조금씩 속도를 올렸고, 노인은 뒤로 처졌다. 영구마차를 둘러싼 장의 인부 한 사람도 뒤처져서 나와 함께 나란히 걸었다. 나는 태양이 금세 하늘로 솟아오르는 것을 보고 놀랐다. 그러자 벌써 오래전부터 곤충들이 우는 소리와 풀잎이 타닥타닥 튀는 소리가 들판을 가득 채우고 있다는 게 느껴졌다. 땀방울이 두 뺨 위로 흘러내렸다. 모자가 없었기 때문에, 나는 손수건으로 부채질을 했다. 그때 장의 인부가 내게 무엇인가 말을 했는데, 나는 알아듣지 못했다. 그러면서 그는 오른손으로 모자 차양을 들어 왼손에 쥐고 있던 손수건으로 머리를 닦았다. 나는 그에게 말했다. "뭐라고 말씀하셨죠?" 그는 하늘을 가리키며 되풀이했다. "엄청나게 내리쬐는데요." 내가 말했다. "예." 조금 뒤에 그가 물었다. "저기 계신 분이 어머니이신가요?" 나는 다시 말했다. "예." "연세가 많았습니까?" 나는 엄마의 정확한 나이를 몰랐기 때문에 "그런 셈이죠." 하고 대답했다. 그러자 그는 입을 다물었다. 고개를 뒤로 돌렸을 때, 50미터쯤 떨어진 곳에 페레 영감이 보였다. 그는 손에 쥔 중절모를 흔들며 걸음을 서두르고 있었다. 나는 눈을 돌려 원장을 보았다. 그는 불필요한 동작 없이 아주 근엄한 태도로 걷고 있었다. 땀방울이 이마에 맺혔지만, 그는 그것을 닦지 않았다.

행렬의 걸음걸이가 좀 더 빨라진 듯했다. 주변에는 여전히 태양으로 가득 찬 들판이 눈을 부시게 했다. 하늘에서 쏟아지는 햇빛이 견딜 수 없을 정도로 뜨거웠다. 어느 순간 우리는 최근에 재포장한 도로 위로 들어섰다. 태양이 역청을 갈라 터지게 했다. 발이 거

기를 짓누르자, 반짝이는 속살이 밖으로 드러났다. 영구마차 위로 얼핏 보이는 마부의 흐물흐물한 가죽 모자가 마치 이 검은 진창에서 빚어낸 것처럼 보였다. 나는 푸르고 흰 하늘과 단조로운 검은색, 이를테면 속살이 드러난 역청의 끈적이는 검은색, 빛바랜 상복의 검은색, 옻칠한 영구마차의 검은색 사이에서 정신이 약간 아득해졌다. 태양, 영구마차의 가죽 냄새와 말똥 냄새, 니스 칠 냄새, 향냄새, 잠을 자지 못한 간밤의 피로, 이 모든 것이 나의 시선과 생각을 어지럽혔다. 나는 다시 한번 뒤돌아보았다. 페레 영감이 아주 멀리, 불타는 아지랑이 속에서 어른거리더니 금세 자취를 감추었다. 나는 눈길로 그를 찾았고, 그가 도로를 벗어나서 들판을 가로질러 가는 것을 보았다. 그때 내 앞에서 도로가 휘어지는 것이 보였다. 나는 그 고장에 익숙한 페레 영감이 우리를 따라잡기 위해 지름길을 택했다는 것을 알았다. 길이 휘어지는 지점에서, 그는 우리와 합류했다. 뒤이어 그의 모습이 사라졌다. 그는 다시 들판을 가로질렀고, 여러 차례 그러기를 되풀이했다. 나는 관자놀이에서 피가 뛰는 것을 느꼈다.

그 후에는 모든 것이 너무나 신속하게, 확실하게, 자연스럽게 진행되었기에 나는 더 이상 아무것도 기억하지 못한다. 오직 한 가지만 빼놓고서. 마을 입구에서 당직 간호사가 내게 말했다. 그녀는 얼굴과 어울리지 않는 기이한 목소리, 선율과 떨림이 있는 목소리를 지니고 있었다. 그녀가 내게 이렇게 말했다. "천천히 걸으면, 일사병에 걸릴 위험이 있어요. 하지만 너무 빨리 걸으면, 땀에 젖고

교회에 들어가서 오한에 시달리죠." 그녀의 말이 옳았다. 어쩔 도리가 없었다. 그 밖에 그날의 몇몇 이미지가 내 머릿속에 남아 있다. 예를 들면, 마을 어귀에서 마지막으로 우리와 합류했을 때 보았던 페레 영감의 얼굴. 흥분과 고통으로 얼룩진 굵은 눈물방울이 그의 두 뺨 위로 흘렀다. 그렇지만 주름살 때문에 눈물방울이 완전히 흘러내리지는 못했다. 눈물방울들은 일그러진 얼굴 위에서 번지기도 하고 모이기도 하면서 니스처럼 번들거렸다. 또한 교회, 보도 위의 동네 사람들, 무덤 위의 붉은 제라늄꽃, 페레 영감의 기절(마치 해체된 꼭두각시 같았다.), 엄마의 관 위에 떨어지던 핏빛 흙, 거기에 뒤섞이던 나무뿌리들의 하얀 속살, 사람들, 목소리들, 마을, 카페 앞에서의 기다림, 끝없이 털털거리던 엔진 소리 그리고 버스가 알제의 불빛 둥지로 들어갔을 때, 그리하여 12시간 동안 실컷 잠을 자리라고 생각했을 때 솟구치던 나의 기쁨이 떠오른다.

2

잠에서 깨면서, 내가 이틀 휴가를 신청했을 때 왜 사장이 못마땅한 표정을 지었는지 이해할 수 있었다. 오늘이 토요일이었다. 줄곧 잊고 있었는데, 잠에서 깨면서 문득 그 생각이 떠올랐다. 당연히 사장은 내가 일요일까지 합쳐서 나흘이나 쉬리라고 여겼을 테고, 그것이 그의 마음에 들었을 리 없었다. 그러나 한편 엄마의 장례식을 오늘이 아니라 어제 치른 것은 내 잘못이 아니었고, 다른 한편 어쨌거나 나는 토요일과 일요일을 쉬었을 터였다. 그렇다고 해서 사장의 심정을 이해할 수 없는 것은 아니다.

어제 하루가 피곤했기 때문에, 나는 잠자리에서 일어나기가 힘들었다. 면도하는 동안 무엇을 할까 고민했고, 해수욕하러 가기로 마음먹었다. 나는 항구 해수욕장으로 가기 위해 전차를 탔다. 해수

이방인

욕장에 도착하자 곧장 바닷물 속으로 뛰어들었다. 젊은이들이 많았다. 물속에서 우리 사무실 타자수로 일했던 마리 카르도나를 만났는데, 그 당시 나는 그녀에게 육체적 욕망을 느꼈었다. 내 생각에 그녀도 그랬던 것 같다. 그러나 얼마 지나지 않아 그녀가 사무실을 떠난 탓에, 우리는 서로 사귈 만한 시간을 갖지 못했다. 나는 그녀가 부표 위로 올라가도록 도와주었고, 그런 동작을 취하는 가운데 내 손이 그녀의 젖가슴을 스쳤다. 그녀가 부표 위로 올라가 엎드렸을 때, 나는 여전히 물속에 있었다. 그녀는 나를 향해 돌아누웠다. 머리칼이 눈 위로 흘러내리자, 그녀가 웃었다. 나는 부표 위 그녀 곁으로 올라갔다. 날씨가 좋았고, 나는 장난하듯 머리를 뒤로 젖혀 그녀의 배 위에 올려놓았다. 그녀는 아무 말도 하지 않았고, 나는 그대로 있었다. 두 눈 가득 하늘이 들어왔는데, 하늘은 온통 푸른빛과 황금빛으로 물들어 있었다. 목덜미 아래로 마리의 배가 부드럽게 오르락내리락하는 게 느껴졌다. 우리는 반쯤 잠이 든 채 부표 위에 오래도록 머물렀다. 태양이 너무도 뜨거워졌을 때 그녀가 물속으로 뛰어들었고, 나도 그녀를 뒤좇았다. 나는 그녀를 따라잡았다. 나는 한쪽 팔로 그녀의 허리를 감았고, 우리는 함께 헤엄쳤다. 그녀는 여전히 웃고 있었다. 방파제 위에서 몸을 말리는 동안, 그녀가 내게 말했다. "내가 당신보다 더 햇볕에 그을렸네요." 나는 저녁에 영화 보러 가지 않겠느냐고 그녀에게 물었다. 그녀는 다시 한번 웃었고, 페르낭델이 주인공으로 나오는 영화를 보고 싶다고 했다. 우리가 옷을 다시 입었을 때, 마리는 내가 검은색 넥타이를 매고 있는 것을 보고 몹시 놀라며 상을 당했느냐고 물었다. 나는 어머니가 돌아가셨다고 말했다. 그녀가 언제 상을 치렀는지 알고 싶어 했기에, 나는 "어제"라고 대답했다. 그녀는 흠칫 뒤로 물러났으나 아무 말도 하지 않았다. 나는 내 잘못이 아니라고 말하고 싶었지만, 이미 사장에게 그런 말을 한 적이 있다는 것이 떠올라서 단념했다. 기실 그것은 의미가 없는 일이었다. 어쨌거나 사람이란 늘 조금씩 잘못을 저지르기 마련이다.

저녁이 되자 마리는 모든 것을 잊었다. 영화는 간간이 재미있는 장면이 나왔지만, 전체적으로 시시하기 그지없었다. 그녀의 다리가 내 다리와 맞닿았다. 나는 그녀의 젖가슴을 어루만졌다. 영화가 끝날 무렵, 나는 그녀에게 키스했으나 다소 어색하게 마무리되었다. 극장에서 나오자, 그녀는 내 아파트로 왔다.

내가 잠에서 깨었을 때, 마리는 떠나고 없었다. 그녀는 아주머니댁에 들러야 한다고 말했었다. 일요일이라고 생각하자, 나는 따분한 기분이 들었다. 일요일을 좋아하지 않기 때문이다. 그래서 나는 침대로 되돌아갔고, 베개에서 마리가 남기고 간 소금 냄새를 찾다가 10시까지 잠들었다. 그런 다음, 여전히 침대에 누운 채 12시까지 담배를 피웠다. 여느 때와 달리 셀레스트 식당에서 점심을 먹고 싶지 않았는데, 틀림없이 사람들이 내게 질문을 할 것이고 나는 그게 달갑지 않기 때문이었다. 빵이 없었으나 그것을 사러 내려가고 싶지 않았기에, 계란프라이를 해서 선 채로 접시에 입을 대고 먹었다.

점심 식사 후에, 나는 좀 무료해서 아파트 안을 서성거렸다. 엄마가 있을 때는 알맞은 아파트였다. 엄마가 떠난 아파트는 내게 너무 컸고, 나는 부엌 식탁을 내 방으로 옮기지 않으면 안 되었다. 나는 이제 이 방에서만 사는데, 상판이 조금 꺼진 밀짚 의자들, 거울이 노랗게 탈색된 장롱, 화장대, 구리 침대를 주로 이용한다. 나머지는 아무렇게나 놓여 있다. 잠시 후 나는 무슨 일이든 해야겠기에 옛 신문을 손에 들었고, 그것을 읽었다. 거기서 크뤼셴 소금 광고를 오려낸 다음, 신문에 난 재미있는 것들을 모아두는 낡은 노트에 붙였다. 나는 손을 씻었고, 이윽고 발코니로 가서 자리를 잡았다.

내 방은 변두리 큰길에 면해 있다. 오후에는 날씨가 좋았다. 그렇지만 포장도로는 눅진했고, 드물게 지나가는 행인들은 발걸음을 서둘렀다. 우선 산책하러 가는 가족이 보였는데, 반바지가 무릎 아래까지 내려오는 해군복 차림으로 뻣뻣하게 풀 먹인 옷에 갇힌 듯 거북해하는 두 소년, 커다란 분홍색 리본을 달고 검정 에나멜 구두를 신은 소녀가 지나갔다. 그 뒤로 밤색 실크 원피스를 입은 비대한 어머니, 내게도 낯이 익은 키가 작고 몹시 여윈 아버지가 보였다. 그는 밀짚모자를 쓰고 나비넥타이를 맨 차림에 손에는 지팡이를 쥐고 있었다. 아내와 함께 가는 그를 보면서, 나는 왜 동네 사람들이 그를 일컬어 점잖은 사람이라고 하는지 이해할 수 있었다. 잠시 후 헤어스프레이로 고정한 머리칼, 빨간 넥타이, 몸에 꽉 끼는 재킷, 재킷의 윗주머니에 꽂은 장식 손수건, 코가 네모진 구두로 한껏 멋을 부린 변두리 젊은이들이 지나갔다. 나는 그들이 영화를 보러 가는 길이라고 생각했다. 그렇기에 이처럼 일찍 출발해, 웃고 떠들면서 전차를 향한 발걸음을 서두르는 것이리라.

그들이 지나간 뒤로는, 거리에 인적이 점점 드물어졌다. 사방에서 구경거리가 시작된 모양이었다. 이제 거리에는 가게 주인들과 고양이들밖에 없었다. 길가에 늘어선 무화과나무 위로 보이는 하늘은 맑았으나 광채가 없었다. 맞은편 보도 위에서는 담배가게 주인이 의자를 들고 나와 문 앞에 돌려놓은 후, 거기에 걸터앉아 등받이에 두 팔을 괴었다. 좀 전에 터질 듯 만원이었던 전차에는 이제 승객이 거의 눈에 띄지 않았다. 담배가게 옆 조그만 카페 '셰 피에로'에서는 종업원이 텅 빈 홀에 톱밥을 뿌려 청소하고 있었다. 정말이지 일요일이었다.

나는 의자를 돌려 담배가게 주인의 의자처럼 놓았는데, 그것이 더 편하게 생각되었기 때문이다. 나는 담배를 두 대 피운 다음 초콜릿 한 조각을 가지러 안으로 들어갔고, 창가로 되돌아와서 그것을 먹었다. 조금 뒤에 하늘이 어두워졌고, 나는 여름 소나기가 한바탕 쏟아지리라고 생각했다. 그렇지만 하늘은 조금씩 밝아졌다. 그래도 먹구름이 지나가면서 거리에 비가 올 기미를 남겨놓아 거리는 여전히 어둑했다. 나는 오랫동안 하늘을 바라보았다.

5시에 전차가 소리를 내며 도착했다. 전차는 발판과 난간에 옹기종기 걸터앉은 구경꾼들을 교외의 경기장으로부터 다시 싣고 왔다. 다음 전차는 선수들을 싣고 왔는데, 나는 스포츠 백을 보고 그들이 선수임을 알았다. 그들은 자기네 클럽이 절대로 패하지 않으리라고 목이 터지도록 고함을 지르고 노래를 불렀다. 여럿이 내게 손짓을 했다. 그중 하나는 이렇게 소리쳤다. "우리가 이겼어요." 나는 고개를 끄덕이며 "그래요."라는 표시를 했다. 그때부터 자동차들이 몰려오기 시작했다.

해가 조금 더 기울었다. 지붕들 위로 하늘이 불그스름해졌고, 땅거미가 지면서 거리는 활기를 찾았다. 산책객들이 조금씩 되돌아오고 있었다. 사람들 틈에 아까 그 점잖은 신사가 눈에 띄었다. 아이들은 울거나 부모의 손에 이끌려 터덜터덜 걷고 있었다. 뒤이어 동네 영화관들이 거리에 관객의 물결을 쏟아놓았다. 그들 가운데 젊은이들이 평소보다 더 단호한 동작을 취하는 걸로 미루어, 나는 그들이 모험영화를 봤나 보다 하고 생각했다. 시내 영화관에서 돌아오는 사람들은 좀 더 늦게 도착했다. 그들의 표정은 심각했다. 그들은 아직도 웃고 있었지만, 때때로 피곤해 보였고 생각에 잠긴 듯했다. 그들은 맞은편 보도 위를 오가며 거리에 머물렀다. 동네 아가씨들이 맨머리 차림으로 서로 팔짱을 끼고 걸었다. 젊은이들이 일부러 아가씨들과 마주치면서 농담을 건넸고, 아가씨들은 고개를 돌리며 웃었다. 그 가운데 내가 아는 몇몇 아가씨가 내게 손짓했다.

그때 별안간 거리의 가로등이 켜졌고, 그 불빛이 어둠 속에 떠오르는 초저녁별을 흐릿하게 했다. 나는 그처럼 사람들과 불빛으로 가득 찬 보도를 바라보며 눈이 피로해지는 것을 느꼈다. 가로등이 젖은 포장도로를 반짝이게 했고, 전차가 일정한 간격으로 지나가며 빛나는 머리칼, 미소 또는 은팔찌 위에 그림자를 지게 했다. 잠시 후 전차가 뜸해지고 나무와 가로등 위로 벌써 어둠이 짙어지면서 동네는 어느 틈에 인기척이 사라졌고, 마침내 다시 텅 빈 거리를 고양이가 천천히 가로질렀다. 그때 나는 저녁 식사를 해야겠다고 생각했다. 의자 등받이에 오래도록 턱을 괴고 있었기 때문에 목이 좀 아팠다. 나는 밑으로 내려가서 빵과 스파게티 면을 사 왔고, 직접 요리를 해서 선 채로 먹었다. 창가에서 담배를 피우고 싶었지만, 공기가 서늘해서 좀 추웠다. 나는 창문을 닫았고, 방으로 돌아오면서 거울에 비친 식탁 한 모퉁이, 알코올램프와 빵조각이 나란히 놓인 식탁 한 모퉁이를 보았다. 여느 일요일과 다름없는 일요일 하루가 지나갔고, 엄마의 장례식이 끝났고, 내일이면 다시 일을 시작할 것이고, 결국 변한 것은 아무것도 없다고 나는 생각했다.

3

오늘 나는 사무실에서 일을 많이 했다. 사장은 친절했다. 그는 내가 너무 피곤하지 않은지 물었고, 엄마의 나이도 알고 싶어 했다. 나는 틀리지 않기 위해 "예순 살가량"이라고 대답했는데, 왜인지는 모르겠으나 사장은 짐을 덜었고 이제 모두 끝난 일이라는 듯한 표정을 지었다.

내 책상 위에는 한 무더기의 선하 증권이 쌓여 있었고, 나는 그 전부를 자세히 검토해야 했다. 점심 식사를 하러 사무실을 나서기 전에 손을 씻었다. 나는 정오의 이 순간을 좋아한다. 저녁이면 회전식 수건이 온종일 사용되어 축축하기 때문에 손을 씻는 상쾌함이 덜하다. 나는 어느 날 사장에게 그 점을 지적했다. 그는 유감스럽게 생각하지만, 어쨌든 그것은 그리 중요한 일이 아니라고 대답했다.

나는 조금 늦게, 12시 반에 발송부에서 일하는 에마뉘엘과 함께 밖으로 나왔다. 사무실은 바다를 면해 있었고, 우리는 잠시 태양이 이글거리는 항구에서 화물선들을 바라보았다. 바로 그 순간, 트럭 한 대가 요란한 쇠사슬 소리와 엔진 소리를 내며 다가왔다. 에마뉘엘이 "탈까?" 하고 물었고, 나는 달리기 시작했다. 트럭이 우리를 앞질렀고, 우리는 트럭을 뒤쫓아 돌진했다. 나는 소음과 먼지 속에 파묻혔다. 더 이상 아무것도 보이지 않았고, 권양기들, 기계들, 수평선 위에서 춤추는 돛대들, 우리를 스쳐 지나가는 선체들 가운데서 오직 주체할 수 없는 질주의 충동만을 느꼈다. 내가 먼저 트럭을 붙잡았고, 재빨리 뛰어올랐다. 나는 에마뉘엘이 트럭에 올라앉도록 도와주었다. 우리는 숨이 찼고, 트럭은 먼지와 햇빛 속에서 부두의 고르지 못한 포도鋪道를 덜컹거리며 달렸다. 에마뉘엘이 숨이 넘어가도록 웃었다.

우리는 땀에 흠뻑 젖어 셀레스트 식당에 도착했다. 콧수염이 하얀 셀레스트는 여느 때와 다름없이 뚱뚱한 배에 앞치마를 두른 채 식당에 있었다. 그는 내게 "괜찮아요?" 하고 물었다. 나는 그렇다고 대답했고, 배가 고프다고 말했다. 나는 금세 음식을 먹었고, 커피를 마셨다. 포도주를 너무 많이 마신 탓에 집으로 가서 잠시 눈을 붙였고, 잠에서 깨니 담배를 피우고 싶었다. 시간이 늦어서 나는 전차를 타러 뛰어갔다. 오후 내내 열심히 일했다. 사무실이 매우 더웠기에, 저녁에 사무실에서 나와 부두를 따라 천천히 걷는 퇴근길이 즐거웠다. 하늘은 초록빛이었고, 나는 만족감을 느꼈다. 어쨌든 나는 곧장 집으로 돌아왔는데, 삶은 감자 요리를 해 먹고 싶었기 때문이었다.

어두컴컴한 계단을 올라가면서, 나는 층계참 이웃인 살라마노 영감과 마주쳤다. 그는 개를 데리고 있었다. 영감과 개는 8년 전부터 늘 함께 다녔다. 스패니얼 개는 습진으로 여겨지는 피부병 때문에 털이 거의 다 빠졌고, 갈색 반점과 딱지가 온몸을 덮고 있었다. 작은 방에서 단둘이 살아온 탓인지, 살라마노 영감은 마침내 개를 닮고 말았다. 그는 얼굴에 불그스름한 딱지가 생겼고, 털이 누렇게 변하고 듬성듬성해졌다. 개 또한 주인에게서 구부정한 걸음걸이를 배워 목을 길게 빼고 주둥이를 앞으로 내민 채 걸었다. 이처럼 겉모양만 보면 같은 족속이지만, 둘은 서로를 미워한다. 하루에 두 번, 11시와 6시에 영감은 개를 산책시킨다. 8년 동안 그들은 단 한 번도 산책로를 바꾼 적이 없다. 늘 리옹 거리를 따라 걷는 그들의 모습이 보이는데, 개가 영감을 끌고 가다 보면 기어코 영감이 무엇인가에 발부리를 부딪히고 만다. 그러면 영감은 개를 때리고, 욕을 퍼붓는다. 개는 겁에 질려 설설 기며 끌려간다. 이번에는 영감이 개를 끌고 간다. 그러다가 개가 그것을 잊고 다시 주인을 끌고 가면, 주인은 다시 개를 때리고 욕설을 퍼붓는다. 그럴 때면 둘 다 보도 위에 멈춰 서서, 개는 공포에 질린 눈빛으로, 영감은 증오에 찬 눈빛으로 서로를 바라본다. 날마다 이런 식이다. 개가 오줌을 누고 싶어 해도 영감이 그럴 시간을 주지 않고 개를 끌어당겨서, 스패니얼 개는 오줌을 찔끔거리며 방울방울 이어진 흔적을 남긴다. 어쩌다가 방에 오줌을 싸면, 개는 어김없이 매를 맞는다. 8년 동안 늘 이런 식이었다. 셀레스트는 볼 때마다 "가엾기도 하지."라고 말하지만, 실은 아무도 알 수 없는 일이다.

내가 계단에서 그를 만났을 때, 살라마노 영감은 개한테 욕을 퍼붓고 있었다. 그는 "빌어먹을 놈! 망할 자식!" 하며 욕을 했고, 개는 끙끙거리며 신음했다. 내가 "안녕하세요." 하고 말을 건넸지만, 영감은 여전히 개한테 욕을 퍼부었다. 그래서 나는 개가 무슨 짓을 했느냐고 물었다. 그는 대답하지 않았다. 그는 단지 "빌어먹을 놈! 망할 자식!" 하고 되뇌었다. 개한테 몸을 숙인 모양새로 미루어 목줄을 조절하고 있는 듯했다. 나는 좀 더 목소리를 높여 말했다. 그러자 그는 뒤돌아보지도 않고 화를 누르며 이렇게 대답했다. "아직도 안 간 게야." 뒤이어 그는 개를 끌어당기며 자리를 떴고, 개는 네 발로 버틴 채 끙끙거리며 끌려갔다.

바로 그때, 같은 층계참에 사는 두 번째 이웃이 들어왔다. 동네 사람들은 그가 여자들을 등쳐먹고 산다고 수군거렸다. 그렇지만 사람들이 그의 직업을 물으면, 그는 "창고지기"라고 답했다. 대체로 그는 동네 사람들의 호감을 사지 못했다. 그러나 그는 내게 자주 말을 걸었고, 내가 자기 말을 들어줬기 때문에 가끔 내 아파트에 들러 잠시 머무르곤 했다. 나는 그가 하는 말이 재미있다고 생각한다. 게다가 나로서는 그와 말을 하지 않을 하등의 이유가 없다. 그의 이름은 레몽 생테스이다. 그는 키가 상당히 작고, 어깨가 딱 벌어지고, 코가 권투 선수의 코를 연상케 했다. 옷차림은 언제나 반듯했다. 그

역시 살라마노 영감 일에 대해 이렇게 말했다. "딱한 일이오." 그는 그런 꼴을 보면 역겹지 않느냐고 물었다. 나는 아니라고 답했다.

우리는 계단을 올라갔고, 막 헤어지려 했을 때 그가 내게 말했다. "우리 집에 순대와 포도주가 있어요. 조금 드시지 않겠소?" 나는 저녁 식사를 준비하지 않아도 되겠다고 생각하며 제안을 받아들였다. 그의 아파트도 창문 없는 부엌 하나와 방 하나뿐이었다. 침대 위쪽으로 흰색과 분홍색 석고로 만든 천사 조각상, 몇 장의 권투 챔피언 사진, 두세 장의 여자 나체 사진이 보였다. 방은 더러웠고, 침대는 흐트러져 있었다. 그는 먼저 석유램프를 켰고, 이어서 주머니에서 적잖이 지저분한 붕대를 꺼내 오른손을 감쌌다. 나는 무슨 일이 있었느냐고 물었다. 그는 어떤 녀석이 시비를 걸어서 싸웠다고 했다.

"알다시피, 뫼르소 씨." 하고 그가 말했다. "난 나쁜 사람이 아니라, 그저 욱하는 성격이 있을 뿐이오. 그놈이 나한테 이렇게 말하지 않았겠소. '사내라면 전차에서 내려.' 내가 이렇게 대답했죠. '글쎄, 가만히 좀 있지, 그래.' 그러자 그놈이 내가 사내도 아니라고 말하더군요. 그래서 나는 전차에서 내렸고, 이렇게 말했소. '그만하는 게 좋을걸, 안 그러면 본때를 보여줄 테니까.' 그놈이 대꾸했어요. '어떻게 본때를 보여주겠다는 거야?' 그래서 내가 한 방 먹였죠. 그놈이 뒤로 벌렁 나자빠지더군요. 난 다가가서 그놈을 일으켜주려 했죠. 그런데 그놈이 누운 채로 나한테 발길질을 해대지 않겠소. 그래서 무릎으로 한 방 먹이고, 주먹으로 두 번 갈겼죠. 그놈 얼굴이 피범벅이 되었어요. 내가 그만하면 됐느냐고 물었죠. 그러자 그놈이 '됐어.' 하고 대답하더군요."

그렇게 말하면서 생테스는 줄곧 붕대를 감았다. 나는 침대에 걸터앉아 있었다. 그가 말했다. "보다시피 내가 먼저 싸움을 건 게 아니라오. 그놈이 무례하게 굴어서 그렇게 됐습니다." 그것은 사실이었고, 나는 공감을 표했다. 그러자 그는 바로 그 문제에 대해 내게 조언을 구하고 싶었으며, 내가 사나이라서 인생을 잘 알 테니 자기를 도와준다면 내 친구가 되겠노라고 말했다. 내가 아무 반응도 보이지 않자, 그는 내게 자기 친구가 되고 싶으냐고 다시 물었다. 나는 이러나저러나 상관없다고 말했다. 그는 만족스러운 눈치였다. 그는 순대를 꺼내 팬에 구웠고, 술잔, 접시, 포크, 나이프 그리고 포도주 두 병을 식탁 위에 놓았다. 그 모든 것을 준비하는 동안 그는 말이 없었다. 뒤이어 우리는 식탁에 자리를 잡았다. 음식을 먹으면서 그는 자기 이야기를 하기 시작했다. 처음에는 약간 망설였다. "알고 지내는 여자가 있어요.…… 말하자면 애인이죠." 그가 싸웠던 남자가 바로 그녀의 오빠였다. 그는 자기가 그녀를 먹여 살렸다고 했다. 내가 아무 대꾸도 하지 않았건만, 그는 동네 사람들이 무슨 말을 하는지 알지만 자기는 양심에 꺼릴 것이 전혀 없으며 창고지기로 살아간다고 다급히 덧붙였다.

"내 이야기로 되돌아가자면" 하고 그가 말했다. "내가 속고 있다는 걸 알게 되었소." 그는 그녀에게 생활비를 빠듯하게 대주고 있었다. 그는 직접 방세를 내주었고, 식비로 하루에 20프랑을 주었다. "방세 300프랑, 식비 600프랑, 때때로 스타킹 한 켤레, 도합 1,000프랑이 들었죠. 그런데도 마님은 일을 할 생각조차 하지 않았소. 오히려 생활비가 적다, 내게서 받는 것만으로는 살아갈 수가 없다 하고 불평만 늘어놓았죠. 그럴 때면 내가 이렇게 잔소리를 했어요. '왜 반나절만이라도 일을 하지 않는 거야? 그렇게 하면 자잘한 비용 부담을 덜 수 있을 텐데 말이야. 이번 달만 해도 양장 한 벌 사 줬지, 하루에 20프랑 줬지, 집세 치렀지, 넌 뭘 했어, 친구들과 오후에 커피 마시는 일밖에 없잖아. 커피와 설탕을 대접하는 건 너지. 하지만 돈을 내는 건 바로 나라고. 내가 그토록 잘해줬건만, 보답이 이게 뭐야.' 그래도 그 여자는 일을 하지 않았소, 늘 살아갈 수가 없다고 불평만 해댔죠, 그러던 중에 내가 속고 있다는 걸 알게 된 겁니다."

그는 그녀의 핸드백에서 복권 한 장을 발견했는데, 그녀가 어떻게 그것을 샀는지 설명하지 못했다고 말했다. 얼마 지나지 않아 그는 '증거물', 즉 팔찌 두 개를 저당 잡힌 전당포 영수증을 그녀의 방에서 찾아냈다. 그때까지 그는 이 팔찌들의 존재조차 모르고 있었다. "내가 속고 있다는 걸 확실히 알게 됐죠. 그래서 나는 그 계집과 헤어졌어요. 하지만 헤어지기 전에 흠씬 두들겨 팼소. 그러고 나서 계집한테 내가 밝혀낸 사실을 말해줬어요. 게다가 이런 말도 해 줬소. '네가 원하는 건 그 짓을 하며 노는 것밖에 더 있어?' 이해하시죠, 뫼르소 씨, 마지막으로 이렇게 소리쳤어요. '내가 너한테 베푼 행복을 사람들이 얼마나 부러워하는지 알기나 해? 좀 있으면 이게 어떤 행복이었는지 깨닫게 될 거야.'"

그는 피가 나도록 그녀를 때렸다. 그 전에는 그녀를 때린 적이 없었다. "손찌검한 적은 있죠, 살살 어루만지듯 말입니다. 계집이 비명을 질렀어요. 그러면 나는 덧창을 닫았고, 여느 때처럼 그것으로 끝이었소. 하지만 이번에는 달라요. 그 정도로는 분이 풀리지 않습니다."

그러면서 그는 바로 그것 때문에 조언이 필요하다고 말했다. 그는 그을음을 내는 램프 심지를 조절하느라 말을 멈추었다. 나는 여전히 그의 말을 듣기만 했다. 포도주를 한 병 가까이 마셨고, 관자놀이가 뜨거웠다. 담배가 떨어져서, 나는 레몽의 담배를 피웠다. 마지막 전차가 지나가며 이제 아득히 들리는 변두리의 소리를 실어 갔다. 레몽은 말을 계속했다. 난처한 것은 '그가 아직도 그녀와의 섹스에 미련이 남아 있다는 사실'이었다. 하지만 그는 그녀를 벌하고 싶었다. 먼저, 그녀를 호텔로 데려가 '풍기 단속반'을 부른 다음, 한바탕 소란을 일으켜 매춘부 대장에 올릴 생각을 했다. 이어서, 뒷골목 친구들에게 물었다. 그들은 아무런 방법도 찾아내지 못했다. 그가 내게 강조한 대로, 뒷골목 사내들이 그 정도도 모른다면 체면이 서지 않을 일이었다. 그가 그들에게 그렇게 말하자, 그들은 얼굴에 '칼자국'을 내면 어떻겠느냐고 했다. 그렇지만 그것은 그가 원하는 방식이 아니었다. 그는 더 고민해볼 참이었다. 그런데 그 전에 내게 부탁하고 싶은 것이 있다고 했다. 그 부탁을 하기 전에, 그는 내가 이 이야기를 어떻게 생각하는지 알고 싶어 했다. 나는 아무

이방인

생각이 없다고, 하지만 재미있다고 대답했다. 그는 자기가 속고 있다고 내가 생각하는지—나로서는 그가 속고 있는 것 같았다—, 그녀가 벌을 받을 만한지, 내가 자기 입장이라면 어떻게 할 것인지 물었고, 나는 결코 누구도 알 수 없는 법이지만, 그가 벌을 주고 싶어 하는 기분만은 이해할 수 있다고 말했다. 나는 포도주를 조금 더 마셨다. 그는 담배 한 대에 불을 붙이고 자기 생각을 털어놓았다. 그는 '차버린다는 내용과 자기 품에 안기고 싶게 만드는 내용을 동시에 담은' 편지를 그녀에게 쓰고 싶어 했다. 마침내 그녀가 되돌아왔을 때 잠자리를 같이하고, '절정의 순간' 그녀의 얼굴에 침을 뱉고 밖으로 내쫓을 작정이었다. 나는 그렇게 하면 과연 그녀에게 벌이 되겠다고 생각했다. 그런데 레몽은 자신이 그런 편지를 쓸 능력이 없어서 내게 그 일을 부탁하고 싶었노라고 말했다. 내가 아무 말도 하지 않았기에 그는 지금 당장 편지를 쓰기가 곤란하냐고 물었고, 나는 아니라고 답했다.

그러자 포도주를 한 잔 마신 후, 그는 자리에서 일어났다. 접시들과 먹다 남은 식은 순대를 한쪽으로 밀어놓았다. 그는 방수 식탁보를 정성스레 닦았다. 나이트 테이블 서랍에서 격자무늬 종이 한장, 노란 봉투, 자그마한 붉은색 나무 필통, 네모난 보랏빛 잉크병을 꺼냈다. 그가 여자의 이름을 말했을 때, 나는 그녀가 무어인ㅅ이라는 것을 알았다. 나는 편지를 썼다. 다소 아무렇게나 썼으나 레몽을 만족시키려고 애썼는데, 그렇게 하지 않을 이유가 없었기 때문이다. 그러고 나서 나는 큰 목소리로 그것을 읽었다. 그는 담배를

피우고 고개를 끄덕이며 들은 후, 한 번 더 읽어달라고 부탁했다. 그는 매우 만족스러워했다. 그가 말했다. "나는 네가 인생을 아는 남자라는 걸 알고 있었어." 나는 그가 '너'라고 호칭하는 것을 그 순간에는 알아차리지 못했다. "이제 너는 내 진짜 친구야."라고 말했을 때, 비로소 나는 그 호칭에 놀랐다. 그가 그 말을 되풀이했고, 나는 "그래." 하고 말했다. 나로서는 그와 친구가 되든 안 되든 상관없는 일이었지만, 그는 정말로 나와 친구가 되고 싶은 모양이었다. 그는 편지를 봉했고, 우리는 포도주를 마저 마셨다. 그런 다음 우리는 잠시 아무 말 없이 담배를 피웠다. 밖은 고요하기 그지없었고, 자동차 한 대가 미끄러지며 지나가는 소리가 들렸다. 내가 말했다. "늦었어." 레몽도 그렇게 생각했다. 그가 시간이 빨리 지나간다고 말했고, 어떤 면에서 그것은 사실이었다. 나는 졸렸지만, 자리에서 일어나기가 힘들었다. 내가 피곤해 보인 것이 틀림없었는데, 레몽이 자포자기해서는 안 된다고 말했기 때문이었다. 나는 처음에는 그 말을 이해하지 못했다. 그는 어머니가 돌아가셨다는 사실을 알고 있으며, 어차피 한 번은 당할 수밖에 없는 일이라고 설명했다. 내 생각도 마찬가지였다.

나는 자리에서 일어났고, 레몽이 내 손을 움켜쥔 채 악수를 하면서 사나이들끼리는 늘 통하는 법이라고 말했다. 나는 그의 아파트에서 나와 등 뒤로 문을 닫았고, 잠시 층계참의 어둠 속에 서 있었다. 건물 전체가 고요했고, 저 아래 깊숙한 계단으로부터 한 줄기 어둡고 습한 바람이 올라왔다. 귓전에는 피가 뛰는 소리만이 들렸

다. 나는 꼼짝하지 않고 그 자리에 서 있었다. 그러나 살라마노 영
감 방에서는 개가 나직이 신음소리를 냈다.

이방인

4

나는 일주일 내내 열심히 일했고, 레몽이 와서 편지를 보냈다고 말했다. 나는 에마뉘엘과 함께 두 차례 영화를 보러 갔는데, 에마뉘엘은 가끔 스크린에서 전개되는 이야기를 이해하지 못했다. 그럴 때면 내가 따로 설명을 해주어야 했다. 어제는 토요일이었고, 약속한 대로 마리가 왔다. 그녀가 빨간색과 하얀색 줄무늬로 된 예쁜 원피스를 입고 가죽 샌들을 신고 있었기 때문에, 나는 강한 욕정을 느꼈다. 불룩한 젖가슴이 탄력 있어 보였고, 햇볕에 그을린 갈색 피부 덕분에 얼굴이 꽃처럼 피어났다. 우리는 버스를 탔고, 알제에서 몇 킬로미터 떨어진 바닷가, 좌우로는 바위가 솟아 있고 육지 쪽으로는 갈대가 우거진 바닷가로 갔다. 오후 4시여서 태양이 엄청나게 뜨겁지는 않았지만, 그래도 작은 파도가 길고 나른하게 펴지는 가운데 바닷물은 여전히 따듯했다. 마리가 내게 놀이 하나를 가르쳐 주었다. 헤엄을 치면서 파도 마루에서 입 안 가득 물거품을 채운 다음, 반듯이 누워 하늘을 향해 그것을 내뿜는 놀이였다. 그러면 그것은 물거품 레이스가 되어 공중으로 사라지기도 하고, 미지근한 빗방울처럼 얼굴 위로 떨어지기도 했다. 하지만 얼마 지나지 않아 입 속이 진한 소금기로 타는 듯 얼얼해졌다. 그러자 마리가 다가와 물속에서 내게 달라붙었다. 그녀가 자기의 입을 내 입에 갖다 대었다. 그녀의 혀가 내 입술을 시원하게 적셨고, 우리는 잠시 파도 속에서 뒹굴었다.

우리가 바닷가에서 다시 옷을 입었을 때, 마리가 반짝이는 눈빛으로 나를 바라보았다. 나는 그녀에게 키스했다. 그때부터 우리는 아무 말도 하지 않았다. 나는 그녀를 꼭 껴안았고, 우리는 서둘러 버스를 타고 집으로 돌아와 내 침대 위로 몸을 던졌다. 나는 창문을 열어두었고, 여름밤이 우리의 갈색 알몸 위로 흐르는 걸 느낄 수 있어 기분이 상쾌했다.

오늘 아침에는 마리가 떠나지 않았고, 나는 함께 점심을 먹자고 말했다. 나는 고기를 사러 내려갔다. 다시 올라올 때, 레몽의 방에서 여자 목소리가 들렸다. 잠시 후 살라마노 영감이 개를 꾸짖었고, 나무 계단 위를 스치는 구두 소리와 개 발톱 소리, 이어서 "빌어먹을 놈! 망할 자식!" 하는 소리가 들렸으며, 이윽고 그들이 거리로 내려갔다. 나는 마리에게 영감 이야기를 해주었고, 그녀는 웃었다. 그녀는 소매를 걷어 올린 차림새로 내 파자마를 입고 있었다. 그녀

가 웃었을 때, 나는 다시 한번 정욕을 느꼈다. 잠시 후, 그녀는 내가
자기를 사랑하느냐고 물었다. 나는 그것이 아무런 의미 없는 질문
이지만, 사랑하는 것 같지 않다고 대답했다. 그녀는 슬픈 표정을 지
었다. 그러나 점심 식사를 준비하면서 그녀가 별것 아닌 일에 다시
웃었기에, 나는 그녀에게 키스해주었다. 레몽의 집에서 말다툼 소
리가 터져 나온 것은 바로 그때였다.

처음에는 날카로운 여자 목소리가 들렸고, 이어서 레몽의 말소
리가 들렸다. "나를 우습게 봤지, 나를 우습게 봤어. 날 우습게 보면
어떻게 되는지 가르쳐주지." 둔탁한 소리가 몇 차례 나면서 여자가
울부짖었는데, 그 소리가 얼마나 끔찍했던지 층계참이 이내 사람들
로 가득 찼다. 마리와 나도 밖으로 나왔다. 여자가 비명을 질렀고,
레몽은 계속 때렸다. 마리는 끔찍하다고 말했고, 나는 아무런 대답
도 하지 않았다. 그녀는 내게 경찰을 불러오라고 했지만, 나는 경
찰을 좋아하지 않는다고 말했다. 그러나 3층에 세 들어 사는 배관
공과 함께 경관 한 명이 도착했다. 그가 문을 두드리자, 더 이상 아
무 소리가 나지 않았다. 그가 문을 더 세게 두드리자, 잠시 후 여자
의 울음소리가 들리면서 레몽이 문을 열었다. 그는 입에 담배를 문
채 짐짓 부드러운 표정을 짓고 있었다. 여자가 문 앞으로 뛰어나와
레몽이 자기를 때렸다고 했다. "이름?" 하고 경관이 물었다. 레몽이
대답했다. "내게 말할 때는 입에서 담배를 빼." 하고 경관이 말했다.
레몽이 망설이며 나를 바라보았고, 담배를 깊이 빨아들였다. 그 순
간, 경관이 두툼하고 묵직한 손바닥으로 레몽의 따귀를 힘껏 갈겼

다. 담배가 몇 미터 멀리 떨어졌다. 일순간 레몽의 안색이 변했지만, 그는 아무 말도 하지 않았고, 뒤이어 공손한 목소리로 담배꽁초를 주워도 되겠느냐고 물었다. 경관은 그래도 좋다고 하면서 이렇게 덧붙였다. "이제부턴 경관이 허수아비가 아니란 걸 알아둬." 그러는 동안에도 여자는 울면서 되풀이했다. "날 때렸어요. 이놈은 포주예요." 그러자 레몽이 "경관 나리" 하며 물었다. "남자한테 포주라고 말해도 된다는 게 법에 나와 있습니까?" 그러나 경관은 그에게 '주둥이 닥칠 것'을 명령했다. 그러자 레몽은 여자에게로 고개를 돌리고 말했다. "두고 봐, 요것아, 다시 만날 날이 있을 거야." 경관은 닥치라고 다시 호통치며 여자는 가도 좋고 남자는 경찰서로 소환할 때까지 집에서 기다리라고 했다. 그러고서 경관은 몸이 떨릴 정도로 술에 취했으면 부끄러워해야 할 일이라고 레몽에게 덧붙였다. 그러자 레몽이 대꾸했다. "경관 나리, 저는 취하지 않았습니다. 다만 나리 앞에 서니 몸이 떨릴 뿐이죠. 어쩔 도리가 없잖습니까?" 그는 문을 닫았고, 모두가 자리를 떠났다. 마리와 나는 점심 식사 준비를 끝냈다. 그러나 그녀는 배가 고프지 않다고 했고, 나 혼자서 음식을 거의 다 먹었다. 그녀는 1시에 떠났고, 나는 잠을 조금 잤다.

3시경에 누군가가 문을 두드렸고, 레몽이 들어왔다. 나는 누워 있었다. 그는 내 침대 가장자리에 앉았다. 그가 잠시 말이 없었고, 나는 그에게 어떻게 된 일이냐고 물었다. 그는 자신이 원하던 대로 했으나 그녀가 따귀를 때렸고, 그래서 그녀를 두들겨 패주었다고 이야기했다. 나머지는 내가 본 그대로였다. 나는 이제 그녀가 벌을 받았으며, 그가 만족할 것 같다고 말했다. 그의 생각도 그랬고, 그는 경관이 아무리 해봐야 그녀가 맞은 매를 어찌할 수는 없다고 했다. 그는 경관들이 어떤 족속인지, 그들을 상대할 때 어떻게 해야 하는지 잘 알고 있다고 덧붙였다. 그러고서 경관이 따귀를 때렸을 때 자기가 응수하기를 기대했느냐고 물었다. 나는 아무것도 기대하지 않았고, 더욱이 경관을 좋아하지 않는다고 대답했다. 레몽은 매우 흡족한 듯했다. 그는 내게 자기와 함께 외출하고 싶은지 물었다. 나는 일어났고, 머리를 빗기 시작했다. 그는 내게 증인이 되어달라고 했다. 나로서는 이러나저러나 상관없는 일이었지만, 그래도 나는 무엇을 증언해야 할지 알 수 없었다. 레몽에 따르면, 여자가 그에게 버릇없이 굴었다고 말하기만 하면 되었다. 나는 증인 역할을 승낙했다.

우리는 밖으로 나왔고, 레몽이 내게 코냑 한 잔을 사주었다. 그런 다음 당구를 한판 치자고 했고, 내가 근소한 차이로 졌다. 이어서 그가 사창가로 가자고 했지만, 나는 그런 곳을 좋아하지 않았기에 싫다고 했다. 그래서 우리는 천천히 집으로 돌아왔고, 그는 계집을 벌하는 데 성공해서 얼마나 만족스러운지 이야기했다. 나는 그가 내게 무척 친절하다고 여겼고, 즐거운 시간이라고 생각했다.

저 멀리, 건물 문턱에서 흥분한 표정으로 어쩔 줄 모르는 살라마노 영감이 보였다. 가까이 다가갔을 때, 나는 그가 개를 데리고 있지 않다는 것을 알았다. 그는 사방을 두리번거리며 맴돌았고, 컴컴한 복도를 뚫어지게 살피다가 두서없는 말을 중얼거렸으며, 발갛

게 충혈된 작은 눈으로 다시 거리를 뒤지기 시작했다. 레몽이 무슨 일이 있느냐고 물었을 때, 그는 곧장 대답하지 않았다. "빌어먹을 놈! 망할 자식!" 하고 중얼거리는 소리가 어렴풋이 들렸고, 그는 계속 안절부절 어찌할 바를 몰랐다. 나는 개가 어디에 있는지 물었다. 그는 개가 사라졌다고 불쑥 대답했다. 뒤이어 그가 쉴 새 없이 말했다. "내가 여느 때처럼 그놈을 '연병장'으로 데려갔지요. 노점상 주변에 사람들이 많았어요. 나는 《탈주왕》을 보기 위해 잠시 멈춰 섰습니다. 그리고 내가 다시 떠나려고 했을 때, 글쎄, 그놈이 감쪽같이 사라졌지 뭡니까. 물론 오래전부터 그놈한테 좀더 작은 목걸이를 사주려고 했지요. 하지만 이 망할 놈이 그렇게 떠나버릴 거라고는 상상조차 하지 못했어요."

그러자 레몽이 개가 길을 잃었을 수도 있으니 곧 돌아올 거라고 말했다. 그는 주인을 찾아 수십 킬로미터를 달려온 개들의 예를 들었다. 그렇지만 영감은 더욱 흥분한 듯했다. "그 사람들한테 잡혀갈 거요, 잘 알잖소. 누군가가 그놈을 거두어주면 좋으련만. 하지만 그럴 리가 없지, 그놈은 딱지투성이라서 모두가 싫어해요. 경찰이 그놈을 잡아갈 거요, 틀림없어." 그래서 나는 그에게 동물보호소로 가보라고, 소정의 보관료를 내면 개를 돌려받을 수 있으리라고 말했다. 그는 보관료가 비싸냐고 물었다. 나는 얼마인지 몰랐다. 그러자 그는 분통을 터뜨렸다. "그 망할 놈을 위해서 돈을 내야 한다니. 아! 죽어도 싼 놈이야!" 그는 개한테 욕을 퍼붓기 시작했다. 레몽은 웃으며 건물 안으로 들어갔다. 나는 그를 뒤따라 올라갔고, 우리는 충계참에서 헤어졌다. 잠시 후 영감의 발걸음 소리가 들렸고, 그가 내 방문을 두드렸다. 내가 문을 열었을 때, 그는 들어오지 않고 문턱에 서서 말했다. "미안합니다, 미안합니다." 내가 들어오라고 권했지만, 그는 들어오려고 하지 않았다. 그는 자기 구두 끝만 바라보며 딱지투성이인 두 손을 부들부들 떨고 있었다. 나를 마주하지도 않은 채, 그는 내게 물었다. "그 사람들이 나한테서 개를 빼앗지는 않겠지요, 그렇지요, 뫼르소 씨. 나한테 개를 돌려주겠지요. 그렇지 않으면 내가 어떻게 되겠소?" 나는 그에게 동물보호소가 주인이 찾아갈 수 있도록 개를 사흘 동안 돌본다는 사실, 그런 다음 개를 적당히 좋을 대로 처분한다는 사실을 일러주었다. 그는 말없이 나를 바라보았다. 뒤이어 내게 말했다. "잘 있어요." 그가 자기 방문을 닫는 소리가 들렸고, 방안을 왔다 갔다 하는 소리가 들렸다. 그의 침대가 삐걱거렸다. 그리고 벽을 통해 들려오는 작고 기이한 소리로 나는 그가 울고 있다는 것을 알았다. 그때 왜 엄마 생각이 났는지 모른다. 그러나 나는 이튿날 아침 일찍 일어나야 했다. 나는 배가 고프지 않았고, 저녁 식사를 거른 채 잠자리에 들었다.

5

레몽이 사무실로 전화를 했다. 그는 자기 친구 하나가 알제 근처 작은 별장에서 일요일 한나절을 보내자며 나를 초대했다고 말했다. (그는 그 친구에게 내 이야기를 했었다.) 나는 그렇게 하고 싶지만, 이미 여자 친구와 일요일을 함께 보내기로 약속했다고 대답했다. 레몽은 즉시 여자 친구도 초대하겠다고 말했다. 자기 친구의 아내가 남자들 틈에 혼자 있지 않아도 되니 아주 좋아하리라는 것이었다.

나는 얼른 수화기를 내려놓고 싶었는데, 사장이 시내에서 우리에게 걸려오는 전화를 싫어한다는 걸 알고 있기 때문이었다. 그러나 레몽은 기다려달라고 부탁했고, 이 초대를 저녁에 전할 수도 있지만 굳이 지금 전화한 것은 다른 일을 알려주고 싶어서라고 했다. 한 아랍인 무리가 온종일 그를 따라다녔는데, 무리에 자기 옛 애인의 오빠가 있었다. "오늘 저녁 퇴근길에 집 근처에서 그놈이 보이면, 내게 알려줘." 나는 알았다고 했다.

　잠시 후 사장이 나를 불렀고, 나는 그가 전화를 삼가고 더 열심히 일하라고 말하겠지 싶어 한순간 언짢은 기분이 들었다. 그러나 전혀 그런 게 아니었다. 그는 아직은 막연한 하나의 계획을 이야기하고 싶다고 했다. 그는 단지 그 문제에 관한 나의 의견을 들어보고자 했던 것이다. 그는 파리에 사무실을 열어 큰 회사들과 현지에서 직접 거래하기를 원했는데, 내가 거기로 갈 수 있는지 알고 싶어 했다. 그렇게 하면 파리에서 살면서, 연중 얼마간 여행도 할 수 있을 터였다. "자네는 젊잖아, 그런 생활이 자네 마음에도 들 것 같은데." 나는 그렇기는 하지만, 실은 이러나저러나 마찬가지라고 말했다. 그러자 그는 삶의 변화에 관심이 없느냐고 내게 물었다. 나는 그 누구도 결코 삶을 바꿀 수 없고, 결국 이런 삶이나 저런 삶이나 똑같은 가치를 지니며, 지금 여기의 내 삶이 전혀 싫지 않다고 대답했다. 그는 못마땅한 표정을 지으며 내가 늘 딴청을 피운다고, 야망이 없다고, 사업에는 그것이 치명적으로 나쁘다고 말했다. 나는 일을 하기 위해 내 자리로 돌아왔다. 사장의 심기를 불편하게 하지 않았으면 더 좋았겠지만, 나로서는 내 삶을 바꿀 이유가 없었다. 곰곰이 생각해보면, 나는 불행하지 않았다. 내가 학생이었을 때는 그런 야망이 많았다. 그러나 학업을 포기해야 했을 때, 나는 그 모든 것이 진정으로 중요하지는 않음을 금세 깨달았다.

　저녁에 마리가 나를 보러 왔고, 자기와 결혼하고 싶으냐고 내게 물었다. 나는 이러나저러나 마찬가지이고, 그녀가 원한다면 그렇게 할 것이라고 말했다. 그러자 그녀는 내가 자기를 사랑하는지 알고 싶어 했다. 나는 이미 한 번 대답한 대로, 그런 건 아무런 의미가 없지만 아마도 사랑하지 않는 것 같다고 대답했다. "그렇다면 왜 나와 결혼을 하죠?" 하고 그녀가 말했다. 나는 그 문제가 전혀 중요하지 않지만, 그녀가 원한다면 우리가 결혼할 수 있으리라고 말했다. 게다가 그런 질문을 한 건 그녀였고, 나는 그렇게 하자고 말했을 뿐이었다. 그러자 그녀가 결혼은 중요한 문제라고 했다. 나는 대답했다. "아냐." 그녀는 잠시 입을 다물었고, 말없이 나를 바라보았다. 그런 다음 말을 이었다. 그녀는 똑같은 관계로 맺어진 다른 여자가 똑같은 제안을 한다면 내가 받아들일지 알고 싶어 했다. 나는 대답했다. "물론이지." 그러자 그녀는 자기가 나를 사랑하는지 자문했는데, 나로서는 그 점에 대해 아무것도 알 수 없었다. 잠시 또 다른 침묵이 흐른 뒤, 그녀는 내가 이상한 사람이고, 아마 그 때문에 나를 사랑하지만 언젠가 그 때문에 나를 싫어하게 될지도 모른다고 말했다. 내가 아무 말도 덧붙이지 않은 채 입을 다물자, 그녀는 미소 지으며 내 팔짱을 꼈고, 나와 결혼하고 싶다고 했다. 나는 언제든지 그녀가 원할 때 결혼하자고 대답했다. 이어서 나는 사장의 제안을 이야기해주었고, 그녀는 파리에 가보고 싶다고 말했다. 내가 잠시 파리에서 산 적이 있다고 하자, 그녀는 파리가 어땠느냐고 물었다. 나는 이렇게 말했다. "더러워. 비둘기들과 컴컴한 안마당이 있어. 사람들은 피부가 하얗고 말이야."

이방인

그런 다음, 우리는 대로를 걸으며 시내를 가로질렀다. 여자들이 아름다웠고, 나는 마리에게 그 점이 눈에 띄는지 물었다. 그녀는 그렇다고 하면서 나를 이해한다고 말했다. 잠시 우리는 침묵을 지켰다. 그렇지만 나는 그녀가 나와 함께 있기를 바랐고, 셀레스트 식당에서 저녁 식사를 하자고 말했다. 그녀도 그렇게 하고 싶어 했지만, 볼일이 있었다. 우리는 내 아파트 근처에 다다랐고, 나는 그녀에게 잘 가라고 인사했다. 그녀는 나를 쳐다보았다. "내가 무슨 볼일이 있는지 알고 싶지 않아요?" 나는 알고 싶었으나 미처 물어볼 생각을 하지 못했는데, 그녀는 그 점을 나무라는 듯했다. 그래서 내가 난처한 표정을 짓자, 그녀는 다시 웃었고, 내게로 와락 달려들어 입술을 내밀었다.

나는 셀레스트 식당에서 저녁 식사를 했다. 내가 식사를 시작했을 때, 키가 작은 이상한 여자가 들어와서 내 테이블에 앉아도 좋으냐고 물었다. 나는 물론 좋다고 했다. 그녀의 동작은 단속적이었고, 사과처럼 조그마한 얼굴 속에서 두 눈이 반짝이고 있었다. 그녀는 재킷을 벗었고, 자리에 앉아 차림표를 열심히 훑어보았다. 그녀는 셀레스트를 불렀고, 곧장 또렷하고 급한 목소리로 먹을 요리를 한꺼번에 주문했다. 오르되브르를 기다리며 그녀는 핸드백을 열어 작고 네모난 종이 한 장과 연필을 꺼내 계산을 한 다음, 지갑에서 돈을 꺼내 팁까지 덧붙인 정확한 금액을 자기 앞에 놓았다. 바로 그때 오르되브르가 나왔고, 그녀는 빠르게 그것을 삼켰다. 다음 요리를 기다리며 핸드백에서 다시 푸른색 연필과 주간 라디오 편성

표가 실린 잡지를 꺼냈다. 그녀는 매우 정성스럽게 하나씩 하나씩 거의 모든 방송에 표시를 했다. 잡지가 열두 페이지나 되었기 때문에, 그녀는 식사하는 내내 그 일을 꼼꼼하게 계속했다. 내가 식사를 끝냈을 때도, 그녀는 여전히 열심히 표시를 했다. 그런 다음 그녀는 자리에서 일어났고, 자동 인형처럼 정확한 동작으로 재킷을 입더니 밖으로 나갔다. 할 일이 없었기 때문에, 나도 밖으로 나가서 잠시 그녀를 따라갔다. 그녀는 보도 가장자리를 따라 믿을 수 없을 정도로 빠르고 정확하게, 옆으로 비키거나 뒤돌아보는 법도 없이 자기의 길을 갔다. 이윽고 나는 그녀를 시야에서 놓쳤고, 발걸음을 돌렸다. 나는 이상한 여자라고 생각했지만, 금세 그녀를 잊었다.

내 방 문간에서 살라마노 영감을 만났다. 나는 그를 들어오게 했고, 그는 동물보호소에 들렀으나 개가 없는 걸로 보아 잃어버린 게 틀림없다고 했다. 동물보호소 직원들은 개가 차에 치여 죽었을 거라고 말했다. 그는 경찰서에 가면 그것을 확인할 수 있느냐고 그들에게 물었다. 그들은 그런 일이 매일 일어나므로 아무런 흔적도 남지 않는다고 대답했다. 나는 살라마노 영감에게 다른 개를 기르면 되지 않겠느냐고 했지만, 그는 그 개에게 길들어 있다고 했는데 그 말이 옳았다.

나는 침대 위에 앉아 몸을 웅크렸고, 살라마노 영감은 테이블 앞 의자 위에 앉았다. 그는 나와 얼굴을 마주하고 두 손을 무릎 위에 올려놓았다. 그는 중절모를 쓰고 있었다. 누렇게 변색한 콧수염 밑으로 말끝을 씹는 것처럼 우물우물 중얼거렸다. 그가 약간 나를

성가시게 했지만, 나는 할 일이 아무것도 없었고 잠도 오지 않았다. 무엇인가 말을 하기 위해 나는 그의 개에 대해 물었다. 그는 아내가 죽은 뒤에 그 개를 길렀다고 말했다. 그는 결혼을 아주 늦게 했다. 젊은 시절에는 연극을 하려 했었다. 군대에서는 군인 경가극에 출연하기도 했다. 하지만 결국 철도 회사에 들어갔는데, 지금도 약간의 연금을 받고 있으므로 후회는 없었다. 그는 자기 아내와 행복하지는 않았지만, 대체로 그녀에게 길들어 있었다. 그녀가 죽었을 때, 그는 격심한 외로움을 느꼈다. 그래서 작업장 동료에게 개 한 마리를 구해달라고 부탁했고, 아주 어린 그놈을 얻게 되었다. 처음에는 젖병을 물려 기르지 않으면 안 되었다. 그러나 개가 사람보다 수명이 짧았기 때문에, 그들은 마침내 함께 늙어갔다. "그놈은 성격이 나빴어요." 하고 그가 말했다. "때때로 우리는 실랑이를 벌이곤 했지요. 그렇지만 훌륭한 개였소." 내가 혈통이 좋은 순종 개였다고 했더니, 그는 흡족한 눈치였다. "게다가" 하고 그가 덧붙였다. "병에 걸리기 전 그놈을 못 봤잖소. 털이 정말 아름다웠다오." 피부병에 걸린 이후, 그는 매일 아침저녁으로 개에게 포마드 기름을 발라주었다. 그러나 그에 의하면 개의 진짜 병은 노화였고, 노화는 고칠 수 없었다.

바로 그때 내가 하품을 했더니, 영감은 그만 가보겠다고 했다. 나는 좀 더 있어도 괜찮으며, 개가 그렇게 되어 마음이 아프다고 했다. 그는 고마움을 표했다. 그는 어머니가 자기 개를 몹시 귀여워했다고 말했다. 엄마 이야기를 하면서, 그는 "당신의 가엾은 어머니"

라고 칭했다. 그는 어머니가 돌아가신 후 내가 몹시 상심하고 있으리라고 여겼는데, 나는 아무런 대답도 하지 않았다. 그러자 그는 난감한 표정으로 서둘러, 내가 어머니를 양로원으로 보낸 탓에 동네에서 평이 안 좋다는 것을 모르지 않지만, 자기는 나를 잘 알고 있으며 내가 어머니를 매우 사랑한다는 걸 알고 있다고 했다. 아직도 왜 그렇게 대답했는지 모르겠지만, 나는 어머니 문제와 관련하여 평이 안 좋다는 걸 지금까지 알지 못했으나 간병인을 둘 돈이 없어 어쩔 수 없이 어머니를 양로원에 넣었다고 대답했다. "더욱이" 하고 덧붙였다. "오래전부터 어머니는 제게 하실 말씀이 없었고, 혼자서 쓸쓸해하셨습니다." "그래요." 하고 그가 내게 말했다. "양로원에서는 친구라도 생기지요." 그런 다음 그는 자리에서 일어서려 했다. 잠자리에 들고 싶다고 했다. 그의 삶이 이제 변했고, 그는 어찌해야 할지를 몰랐다. 내가 그를 알게 된 이후 처음으로 그가 슬그머니 내게 손을 내밀었고, 내 손에 비늘 같은 그의 피부가 느껴졌다. 그는 가냘프게 미소를 지었고, 방을 나서기 전에 이렇게 말했다. "오늘 밤에는 개들이 짖지 않았으면 좋겠어요. 그놈이 아닐까 하는 생각이 들어서 말입니다."

6

일요일, 내가 잠자리에서 일어나기 힘들어해서 마리가 나를 부르며 흔들어 깨워야 했다. 우리는 일찍부터 해수욕을 하고 싶어서 아침 식사도 하지 않았다. 나는 속이 텅 빈 것을 느꼈고, 머리가 좀 아팠다. 담배를 피워도 맛이 썼다. 마리는 내가 '장례 치른 사람처럼 우울한 얼굴'을 하고 있다며 놀렸다. 그녀는 흰색 원피스를 입었고, 머리를 풀어 늘어뜨리고 있었다. 내가 예쁘다고 했더니, 그녀는 좋아하며 웃었다.

내려오는 길에 우리는 레몽의 방문을 두드렸다. 그는 곧 내려가겠다고 대답했다. 거리로 나오자, 피곤한 탓에 그리고 좀 전에 덧창을 닫아두었던 탓에, 벌써 태양을 잔뜩 머금은 햇빛이 마치 따귀라도 때리듯 나를 후려쳤다. 마리는 즐거워서 팔짝팔짝 뛰었고, 쉴

이방인

새 없이 날씨가 좋다고 했다. 나는 기분이 나아졌고, 배고픔이 느껴졌다. 마리에게 그렇게 말했더니, 그녀는 우리 둘의 수영복과 수건 한 장이 들어 있는 방수포 백을 열어 보여주었다. 나는 기다릴 수밖에 없었고, 우리는 레몽이 방문 닫는 소리를 들었다. 그는 푸른색 바지와 소매가 짧은 흰색 셔츠를 입고 있었다. 그가 쓴 밀짚모자가 마리를 깔깔거리며 웃게 했고, 새하얀 두 팔목이 검은 털에 휩싸여 있었다. 그런 그의 모습이 나를 좀 언짢게 했다. 그는 휘파람을 불면서 내려왔고, 기분이 매우 좋은 듯했다. 그는 내게 "안녕, 친구"라고 말했고, 마리를 "마드무아젤"이라고 불렀다.

그 전날 우리는 경찰서에 갔었고, 나는 여자가 레몽에게 "버릇없이 굴었다"라고 증언했다. 레몽은 경고 조치만 받고 나왔다. 아무도 내 증언을 문제 삼지 않았다. 건물 정문 앞에서 우리는 레몽과 이야기를 나누었고, 다함께 버스를 타기로 했다. 해변이 그다지 멀지는 않았지만, 버스로 가면 더 빨리 갈 수 있었다. 레몽은 그의 친구도 우리가 더 일찍 도착하면 좋아하리라고 생각했다. 우리가 막 길을 떠나려고 했을 때, 갑자기 레몽이 맞은편을 보라고 눈짓했다. 담배가게 진열창에 기대고 서 있는 아랍인 한 패가 보였다. 그들은 말없이 우리를 바라보고 있었는데, 마치 우리가 돌이나 죽은 나무에 지나지 않는다는 듯한 시선이었다. 레몽은 왼쪽에서 두 번째가 바로 그놈이라고 했고, 걱정스럽다는 표정을 지었다. 그렇지만 이제 끝난 이야기라고 덧붙였다. 마리는 영문을 몰랐고, 우리에게 무슨 일이 있느냐고 물었다. 나는 레몽에게 앙심을 품은 아랍인들이라고 말해주었다. 그녀는 얼른 출발하고 싶어 했다. 레몽은 평정을 되찾았고, 서두르자고 말하며 웃었다.

우리는 조금 떨어진 곳에 있는 버스 정류장으로 갔고, 레몽은 아랍인들이 따라오지 않는다고 알려주었다. 나는 뒤를 돌아보았다. 그들은 여전히 그 자리에 서 있었고, 우리가 떠나온 곳을 무심히 바라보고 있었다. 우리는 버스를 탔다. 레몽은 한결 안심되는 듯 마리에게 끊임없이 농담을 건넸다. 내가 보기에 그는 그녀가 마음에 드는 것 같았으나, 그녀는 그에게 거의 대꾸하지 않았다. 가끔 그녀는 웃으며 그를 쳐다볼 뿐이었다.

우리는 알제 교외에서 내렸다. 바닷가는 버스 정류장에서 멀지 않았다. 그렇지만 바다를 굽어보다가 급히 해변으로 미끄러져 내려가는 작은 고원 하나를 가로질러야만 했다. 고원은 이미 푸른빛으로 짙게 물든 하늘을 배경 삼아 노란 돌과 새하얀 수선화로 덮여 있었다. 마리는 방수포 백을 휘둘러 여기저기 꽃잎을 떨어뜨리며 즐거워했다. 우리는 초록색 또는 흰색 울타리가 쳐진 작은 별장들 사이로 걸어갔는데, 몇몇 별장은 베란다까지 타마리스크 나무 아래 파묻혀 있었고, 다른 몇몇 별장은 돌무더기 가운데 헐벗은 채 서 있었다. 고원 가장자리에 가 닿기도 전에, 벌써 잔물결 하나 없는 바다와 저 멀리 맑은 물속에 반쯤 잠든 듯 떠 있는 커다란 곶이 보였다. 가벼운 모터 소리가 고요한 대기를 뚫고 우리에게까지 올라왔다. 그리고 아주 멀리 조그마한 트롤선이 반짝이는 바다 위로 움직이는 듯 마는 듯 나아가는 모습이 보였다. 마리는 바위에서 붓꽃을

땄다. 바닷가로 내려가는 비탈길에서 보니 몇몇 사람이 벌써 물속에 뛰어들어 헤엄치고 있었다.

레몽의 친구는 바닷가 한쪽 끝에 있는 작은 목조 별장에 살고 있었다. 집은 바위를 등지고 있었고, 전면을 떠받치고 있는 기초말뚝들은 벌써 물에 잠겨 있었다. 레몽은 우리를 소개했다. 친구의 이름은 마송이었다. 덩치가 크고 어깨가 튼튼하고 키가 큰 남자였는데, 파리 말씨를 쓰는 동글동글하고 상냥하고 키가 작은 여자와 함께 있었다. 이내 그는 우리에게 편하게 지내라고 권했고, 바로 그날 아침에 낚은 물고기로 생선튀김을 준비했다고 말했다. 나는 그에게 집이 정말 예쁘다고 했다. 그는 토요일, 일요일 그리고 모든 공휴일을 여기서 지낸다고 말했다. "제 아내하고는 모두가 잘 지내요." 하고 그가 덧붙였다. 그의 아내는 마리와 함께 웃고 있었다. 아마 난 생처음으로 나는 결혼하겠다고 진정으로 생각했던 것 같다.

마송이 수영을 하고 싶어 했지만, 그의 아내와 레몽은 따라가려 하지 않았다. 우리는 셋이서 바닷가로 내려갔고, 마리는 곧장 물속으로 뛰어들었다. 마송과 나는 잠시 기다렸다. 그가 천천히 말했고, 나는 그가 말끝마다 "그뿐만 아니라"를 덧붙이는 버릇, 심지어 문장의 의미에 아무것도 추가할 것이 없을 때조차 "그뿐만 아니라"를 덧붙이는 버릇이 있음을 알아차렸다. 마리에 대해 그가 말했다. "멋져요, 그뿐만 아니라 매력적입니다." 뒤이어 나는 태양이 내게 주는 행복을 음미하는 데 정신이 팔려 있었기 때문에, 그의 입버릇에 더 이상 주의를 기울이지 않았다. 내 발밑에서 모래가 뜨거워지기 시작했다. 나는 물속으로 뛰어들고 싶은 욕망을 좀더 억누르고 있다가, 마침내 마송에게 이렇게 말했다. "갈까요?" 나는 물속으로 뛰어들었다. 그는 천천히 물속으로 들어왔고, 발이 땅에 닿지 않게 되어서야 몸을 던졌다. 그는 평영을 했으나 적잖이 서툴러서 나는 그를 남겨두고서 마리에게로 헤엄쳐 갔다. 물은 차가웠고, 나는 수영을 해서 기분이 좋았다. 마리와 함께 멀리 나아갔고, 우리는 몸짓이나 만족감에서 서로 일치하는 것을 느꼈다.

바다 한가운데에서 우리는 몸을 띄웠고, 하늘을 향해 누운 내 얼굴 위에서 태양이 입으로 흘러드는 마지막 수막을 걷어주었다. 우리는 마송이 햇볕을 쬐기 위해 바닷가로 되돌아가는 것을 보았다. 멀리서도 그는 몸집이 거대해 보였다. 마리는 둘이 함께 헤엄치고 싶어 했다. 나는 뒤로 돌아가서 마리의 허리를 붙잡았고, 그녀는 내가 발로 물장구를 쳐서 도와주는 동안 두 팔을 저어 앞으로 나아갔다. 부서지는 물소리가 고요한 아침에 나지막이 우리를 뒤따랐는데, 나는 마침내 피로를 느꼈다. 그래서 나는 마리를 남겨두었고, 호흡을 맞추어 일정한 리듬으로 헤엄쳐서 되돌아왔다. 바닷가에서 나는 마송 곁에 배를 깔고 엎드렸고, 모래 속에 얼굴을 묻었다. 나는 "기분이 좋다"라고 했고, 그도 마찬가지였다. 잠시 후, 마리가 왔다. 나는 몸을 돌려 마리가 걸어오는 모습을 보았다. 그녀는 소금물에 젖어 매끈매끈했고, 머리칼을 뒤로 늘어뜨리고 있었다. 그녀는 옆구리를 맞댄 채 내 곁에 나란히 누웠고, 나는 그녀의 체온과 태양의 온기 때문에 설핏 잠이 들었다.

마리가 나를 흔들어 깨우면서, 마송이 별장으로 돌아갔고 이제 점심 식사를 해야 할 때라고 말했다. 나는 배가 고파서 금세 일어났는데, 마리는 내가 아침부터 한 번도 키스해주지 않았다고 했다. 그것은 사실이었고, 나도 그렇게 하고 싶었다. "물속으로 가요." 하고 그녀가 말했다. 우리는 달려가서 첫 번째 잔물결 속에 몸을 실었다. 우리는 잠시 평영을 했고, 그녀가 내 몸에 꼭 달라붙었다. 그녀의 다리가 내 다리를 휘감았고, 나는 그녀에게 정욕을 느꼈다.

우리가 되돌아왔을 때, 마송이 벌써 우리를 부르고 있었다. 나는 몹시 배가 고프다고 했고, 그는 내가 자기 마음에 든다고 아내에게 말했다. 빵은 맛있었고, 나는 내 몫의 생선을 금세 먹어 치웠다. 이어서 고기와 감자튀김이 나왔다. 우리는 모두 말없이 먹었다. 마송이 연거푸 포도주를 마셨고, 내게도 쉴 새 없이 따라주었다. 커피를 마실 때 나는 머리가 좀 무거웠고, 담배를 많이 피웠다. 마송과 레몽과 나는 공동 비용으로 8월을 바닷가에서 함께 보내기로 계획했다. 마리가 갑자기 우리에게 말했다. "몇 시인지 아세요? 11시 반이에요." 모두가 놀랐지만, 마송은 식사를 매우 일찍 하기는 했지만 식사 시간이란 곧 배가 고픈 시간이니까 이상할 게 하나도 없다고 했다. 나는 왜 마리가 그 말을 듣고 웃었는지 모른다. 나는 그녀가 다소 과음했다고 생각한다. 그때 마송이 자기와 함께 바닷가로 산책하러 가지 않겠느냐고 내게 물었다. "제 아내는 점심 식사 후에는 늘 낮잠을 자요. 나는 그게 싫습니다. 나는 걸어야만 해요. 그게 건강에 더 좋다고 아내에게 늘 말합니다. 하지만 결국 자기 방식대로 사는 거죠." 마리는 남아서 마송 부인이 설거지하는 것을 돕겠다고 했다. 그러자면 남자들을 밖으로 내보내야 한다고 키가 작은 파리 여자가 말했다. 우리는 셋이서 내려갔다.

태양이 거의 수직으로 모래 위에 떨어졌고, 바다 위에 반사되는 햇빛은 견딜 수 없을 정도로 강렬했다. 바닷가에는 이제 아무도 없었다. 고원 가장자리를 따라 바다 위로 불쑥 나와 있는 별장들 안에서 접시, 식기, 포크, 나이프 등이 부딪치는 소리가 들렸다. 땅에서 올라오는 돌의 열기 때문에 숨쉬기조차 힘들었다. 처음에 레몽과 마송은 내가 모르는 일과 사람들 이야기를 했다. 나는 그들이 오래전부터 알고 지내던 사이이며, 한때 함께 살았던 적도 있다는 사실을 알았다. 우리는 물을 향했고, 바다를 따라 걸었다. 가끔 잔물결이 길게 밀려와서 운동화를 적시곤 했다. 맨머리 위로 쏟아지는 햇빛 때문에 반쯤 잠이 들어 있었으므로, 나는 아무것도 생각할 수 없었다.

그 순간 레몽이 마송에게 무엇인가 말을 했지만, 나는 잘 알아듣지 못했다. 그러나 그와 동시에 저 멀리 바닷가 끝에서 작업복 차림의 아랍인 둘이 우리를 향해 걸어오는 것이 보였다. 나는 레몽을 쳐다보았고, 그가 내게 말했다. "그놈이야." 우리는 걸음을 멈추지 않았다. 마송은 어떻게 그들이 여기까지 따라올 수 있었을까 하고 물었다. 나는 그들이 우리가 해수욕 가방을 들고 버스를 타는 것을 보았음이 틀림없다고 생각했지만, 아무 말도 하지 않았다.

아랍인들이 천천히 걸어왔는데, 벌써 매우 가까워져 있었다.

우리는 걸음걸이를 바꾸지 않았고, 레몽이 말했다. "싸움이 벌어지면, 마송, 너는 두 번째 녀석을 맡아. 나는 그놈을 맡을게. 뫼르소, 너는 또 다른 녀석이 나타나면 그 녀석을 맡아." 나는 "알았어." 하고 말했고, 마송은 바지 주머니에 두 손을 찔러 넣었다. 뜨겁게 달아오른 모래가 이제는 붉게 보였다. 우리는 일정한 걸음으로 아랍인들을 향해 나아갔다. 그들과 우리 사이의 간격이 규칙적으로 줄어들었다. 서로의 간격이 몇 걸음에 불과했을 때, 아랍인들이 멈춰 섰다. 마송과 나는 발걸음을 늦추었다. 레몽은 곧장 자기 적수에게로 갔다. 그가 무슨 말을 했는지 들리지 않았지만, 상대가 그를 머리로 받는 시늉을 했다. 그러자 레몽이 먼저 주먹을 한 방 날리며 마송을 불렀다. 마송은 자기가 맡은 아랍인에게로 갔고, 온 힘을 다해 두 번 후려갈겼다. 아랍인은 물속에 얼굴을 박은 채 퍼져버렸고, 몇 초 후에 머리 주변에서 거품이 끓어올라 물 위로 솟았다. 그동안 레몽도 주먹을 휘둘렀고, 상대 얼굴이 피투성이가 되었다. 레몽은 내게로 고개를 돌리고 말했다. "이 녀석 꼬락서니 좀 봐!" 나는 그에게 소리쳤다. "조심해, 칼을 가지고 있어!" 그러나 이미 레몽은 팔을 찔렸고, 입을 베였다.

마송이 펄쩍 뛰어 앞으로 나섰다. 그러나 다른 아랍인도 다시 일어나 무기를 가진 동료 뒤로 가서 붙어 섰다. 우리는 움직일 수가 없었다. 그들은 계속 우리를 주시하고 칼로 위협하면서 천천히 뒷걸음질 쳤다. 충분한 거리가 확보되었을 때 그들이 부리나케 달아났는데, 그동안 우리는 태양 아래 못 박힌 듯 서 있었고, 레몽은 핏방울이 떨어지는 팔을 움켜쥐고 있었다.

즉시 마송이 일요일마다 고원 별장으로 와서 지내는 의사가 있다고 했다. 레몽은 얼른 거기로 가고 싶어 했다. 그러나 말을 할 때마다 상처의 피가 입안에서 거품을 일으켰다. 우리는 그를 부축했고, 가능한 한 빨리 별장으로 되돌아왔다. 거기서 레몽은 상처가 깊지 않으니 부축 없이 의사의 별장으로 갈 수 있겠다고 했다. 그는 마송과 함께 떠났고, 나는 남아서 무슨 일이 있었는지 여자들에게 설명해주었다. 마송 부인이 울었고, 마리는 파랗게 질렸다. 여자들에게 설명하는 것이 귀찮게 느껴졌다. 결국 나는 입을 다물었고, 바다를 보면서 담배를 피웠다.

1시 반경 레몽이 마송과 함께 돌아왔다. 그는 팔에 붕대를 감고 입가에 반창고를 붙이고 있었다. 의사는 아무것도 아니라고 했지만, 레몽은 몹시 침울한 얼굴이었다. 마송이 그를 웃게 하려고 애썼다. 그러나 그는 여전히 말이 없었다. 그가 바닷가로 내려가겠다고 했을 때, 나는 어디로 갈 거냐고 물었다. 그는 바람을 쐬고 싶다고 대답했다. 마송과 내가 함께 가겠다고 말했다. 그러자 그는 화를 냈고, 우리에게 욕을 했다. 마송은 그의 비위를 거슬러서는 안 된다고 했다. 그래도 나는 그를 따라갔다.

우리는 오래도록 바닷가를 걸었다. 태양은 이제 모든 것을 압도했다. 태양은 모래와 바다 위로 산산이 부서지고 있었다. 나는 레몽이 자기가 가는 곳을 알고 있으리라는 느낌이 들었지만, 어쩌면 틀린 느낌일지도 몰랐다. 마침내 바닷가 끝에서 우리는 커다란 바위 뒤로, 모래 속으로 흘러 들어가는 조그마한 샘에 이르렀다. 거기서 우리는 두 아랍인을 다시 만났다. 그들은 기름때가 묻은 작업복을 입은 채 누워 있었다. 그들은 너무나 평온하고 거의 흡족한 표정이었다. 우리가 나타나도 아무런 변화가 없었다. 레몽에게 칼을 휘두른 아랍인은 아무 말 없이 레몽을 바라보았다. 또 다른 아랍인은 작은 갈대로 피리를 불고 있었는데, 곁눈으로 우리를 보면서 그 악기로 낼 수 있는 세 가지 음을 끝없이 되풀이했다.

그러는 동안 거기에는 나직이 흐르는 샘물 소리, 세 가지 음, 그것과 더불어 오직 태양과 침묵만이 존재했다. 뒤이어 레몽이 호주머니에 들어 있는 권총에 손을 댔지만 상대방은 움직이지 않았고, 둘은 여전히 서로를 쳐다보고 있었다. 갈대 피리를 부는 자의 발가락이 몹시 벌어져 있는 것이 보였다. 상대방에게서 눈을 떼지 않으며 레몽이 내게 물었다. "쏴버릴까?" 내가 그렇게 하지 말라고 하면 그는 분을 못 이겨 틀림없이 쏠 듯했다. 나는 다만 이렇게 대답했다. "저 녀석이 아직 아무 말도 안 했잖아. 이대로 총을 쏘는 건 비겁한 짓이야." 침묵과 열기 한가운데서 여전히 샘물 소리와 갈대 피리 소리가 들렸다. 이어서 레몽이 말했다. "그렇다면 내가 욕을 하고, 저놈이 대꾸할 때 쏠게." 나는 대답했다. "그래. 하지만 저 녀석이 칼을 빼 들지 않으면, 쏠 수 없어." 레몽은 약간 흥분하기 시작했다. 아랍인이 여전히 피리를 불고 있었고, 두 아랍인 모두 레몽의 동작 하나하나를 주시하고 있었다. "안 돼." 하고 내가 레몽에게 말했다. "남자 대 남자로 맞붙어, 총은 나한테 주고. 다른 녀석이 끼어들거나 저 녀석이 칼을 빼 들면, 그땐 내가 쏴버릴 테니까."

레몽이 내게 권총을 건넸을 때, 그 위로 햇빛이 번쩍하고 미끄러졌다. 그렇지만 우리는 천지 사방이 가로막힌 듯 여전히 꼼짝하지 않고 있었다. 우리는 시선을 낮추지 않고 서로를 쳐다보았고, 여기서는 모든 것이 바다, 모래, 태양 그리고 갈대 피리와 샘물 소리가 이루는 이중의 침묵 사이에서 운행을 멈춘 듯했다. 그 순간 나는 총을 쏠 수도 있고 쏘지 않을 수도 있으리라고 생각했다. 하지만 별안간 아랍인들이 뒷걸음질을 치며 바위 뒤로 사라졌다. 그래서 레몽과 나는 갔던 길을 되돌아왔다. 레몽은 기분이 나아진 듯했고, 귀가 버스에 대해 이야기했다.

나는 그와 함께 별장까지 갔고, 그가 나무 계단을 오르는 동안 첫 발판 앞에 서 있었는데, 머릿속이 온통 태양으로 윙윙거렸고 더욱이 나무 계단을 힘겹게 올라가서 다시 여자들을 봐야 한다고 생각하니 가슴이 답답했기 때문이다. 그러나 열기가 너무 심해 하늘에서 쏟아지는 캄캄한 불의 비를 맞으며 꼼짝하지 않고 서 있기도 힘들었다. 여기에 서 있거나 어디론가 떠나거나 결국 마찬가지였다. 잠시 후 나는 바닷가를 향해 되돌아섰고, 걷기 시작했다.

태양이 여전히 붉게 이글거렸다. 모래밭 너머로 보이는 바다가 잔물결로 질식할 듯 가쁜 숨을 몰아쉬며 헐떡거리고 있었다. 나는 천천히 바위를 향해 걸었고, 태양 때문에 이마가 부풀어 오르는 것이 느껴졌다. 그 모든 열기가 나를 짓눌렀고, 내 발걸음을 방해했다. 그리고 얼굴 위로 태양의 뜨거운 숨결이 확확 불어닥칠 때마다 나는 이를 악물었고, 바지 주머니 속의 두 주먹을 불끈 쥐었으며, 태양을 떨쳐버리고자, 태양이 쏟아붓는 불투명한 취기를 물리치고자 온몸을 팽팽히 긴장시켰다. 모래, 새하얀 조가비 또는 유리 파편에서 칼처럼 뿜어져 나오는 햇빛이 눈을 찌를 때마다 턱에 경련이 일었다. 나는 오랫동안 걸었다.

저 멀리, 먼지 같은 수분과 햇빛이 만들어낸 후광, 눈이 부시도록 밝은 후광으로 둘러싸인 작고 어두운 바윗덩어리가 보였다. 나는 바위 뒤에 있는 신선한 샘물을 떠올렸다. 나는 샘물의 속삭임을 되찾고 싶었고, 태양과 여자들의 울음소리에서 벗어나고 싶었으며, 그늘과 휴식을 되찾고 싶었다. 그러나 더 가까이 갔을 때, 레몽의 적수가 그 자리에 돌아와 있는 것이 보였다.

그는 혼자였다. 두 손으로 목덜미를 괸 채 등을 대고 누워 있었는데, 얼굴만 바위 그늘에 두고 온몸은 햇빛에 내놓은 상태였다. 열기가 진동하는 가운데 그의 작업복에서 김이 피어올랐다. 나는 조금 놀랐다. 내게 그것은 이미 끝난 일이었고, 그 일을 전혀 생각하지 않고 여기까지 온 것이었다.

나를 보자마자 그는 몸을 약간 일으켰고, 주머니에 손을 넣었다. 나도 자연스럽게 웃옷 속에 있는 레몽의 권총을 움켜쥐었다. 그러고서 그가 다시 뒤로 누웠지만, 주머니에서 손을 빼지는 않았다. 나는 그에게서 꽤 멀리, 10미터가량 떨어져 있었다. 간간이, 반쯤 감은 두 눈꺼풀 사이로 새어 나오는 그의 시선이 느껴졌다. 그러나 대개는 불타는 대기 속에서 그의 이미지가 춤을 추었다. 파도 소리

가 정오보다 훨씬 더 나른했고, 훨씬 더 잠잠했다. 똑같은 모래 위의 똑같은 태양, 똑같은 햇빛이 지금 여기까지 이어지고 있었다. 한낮이 운행을 멈추고, 끓는 금속의 바다에 닻을 내린 지 벌써 두 시간이 지났다. 수평선 위로 조그마한 증기선 하나가 지나갔고, 나는 아랍인에게서 눈을 떼지 않았기에 그 증기선이 눈가의 검은 얼룩처럼 느껴졌다.

내가 돌아서기만 하면 모든 것이 끝날 터였다. 그러나 태양으로 진동하는 바닷가 전체가 내 뒤로 밀려들었다. 나는 샘을 향해 몇 걸음 옮겼다. 아랍인은 움직이지 않았다. 어쨌든 그는 여전히 꽤 멀리 떨어져 있었다. 그의 얼굴에 드리워진 그늘 탓인지, 그가 웃고 있는 것처럼 보였다. 나는 기다렸다. 불타는 태양이 두 뺨을 엄습했고, 땀방울이 눈썹 위에 맺히는 것이 느껴졌다. 엄마의 장례식 날과 똑같은 태양이었다, 그때처럼 특히 이마가 아팠고, 이마의 모든 핏줄이 살갗 밑에서 한꺼번에 뛰었다. 더 이상 불타는 열기를 참을 수 없었기 때문에, 나는 한 걸음 앞으로 나아갔다. 나는 그것이 어리석은 짓이며, 한 걸음 움직인다고 해서 태양을 떨쳐버릴 수 없음을 잘 알고 있었다. 그렇지만 나는 한 걸음, 단지 한 걸음 앞으로 나아갔다. 그러자 이번에는 아랍인이 몸을 일으키지도 않고 칼을 꺼내어 햇빛 속에서 내게 겨누었다. 햇빛이 강철 위에 번쩍하며 튀었고, 그 빛이 눈부신 장검처럼 내 이마를 찔렀다. 바로 그 순간, 눈썹에 맺혀 있던 땀방울이 갑자기 눈꺼풀 위로 흘러내렸고, 눈꺼풀을 미지근하고 두꺼운 장막으로 뒤덮었다. 이 눈물과 소금의 장막 뒤에서 내 두 눈에 보이는 것은 아무것도 없었다. 나는 이제 내 이마 위에서 울리는 태양의 심벌즈와 내 앞의 단도에서 뿜어져 나오는 번쩍이는 빛의 칼날만을 어렴풋이 느낄 뿐이었다. 그 불타는 칼은 내 속눈썹을 파고들었고, 고통에 찬 내 두 눈을 후볐다. 모든 것이 흔들린 것은 바로 그때였다. 바다가 무겁고 뜨거운 바람을 실어왔다. 하늘이 활짝 열려 불의 비를 쏟아붓는 듯했다. 내 모든 존재가 팽팽히 긴장했고, 나는 권총을 꽉 쥐었다. 방아쇠가 놀았고, 총자루의 미끈한 배가 느껴졌다, 그리고 그 메마른 동시에 귀청을 찢는 듯한 소리와 함께 모든 것이 시작되었다. 나는 땀과 태양을 떨쳐버렸다. 나는 한낮의 균형을, 내가 그토록 행복해했던 바닷가의 기이한 침묵을 깨뜨렸음을 알았다. 그때 나는 움직이지 않는 몸에 다시 네 방을 쏘았는데, 총알은 그런 것 같지도 않게 깊이 박혔다. 그것은 마치 불행의 문을 두드린 네 번의 짧은 노크 소리와도 같았다.

2

1

체포된 직후에, 나는 여러 번 심문을 받았다. 그러나 신원 확인을 위한 인정신문人定訊問이어서 오래 걸리지는 않았다. 애초에 경찰서에서는 아무도 내 사건에 흥미를 느끼지 않는 것 같았다. 반면 일주일 후에 만난 예심판사는 나를 호기심 가득한 눈길로 바라보았다. 먼저 그는 나의 이름, 주소, 직업, 생년월일, 출생지를 물었다. 뒤이어 그는 내가 변호인을 내세웠는지 알고 싶어 했다. 나는 아니라고 했고, 변호인을 내세우는 일이 반드시 필요하냐고 물었다. "왜요?" 하고 그가 말했다. 나는 내 사건이 아주 간단하게 여겨진다고 답했다. 그는 미소 지으며 말했다. "그것도 하나의 의견이기는 합니다. 하지만 법이라는 게 있어요. 당신이 변호인을 내세우지 않으면, 우리가 국선변호인을 지명하게 됩니다." 나는 사법부가 그런 세세한

일까지 신경 써주는 게 놀랍다고 생각했다. 나는 그에게 그렇게 말했다. 그는 동의했고, 법이 아주 잘 만들어져 있다고 결론지었다.

처음에 나는 그를 진지하게 대하지 않았다. 그는 커튼이 내려진 방에서 나를 맞이했는데, 책상 위에는 램프 하나가 안락의자에 앉은 나를 비추었고, 그는 컴컴한 어둠 속에 묻혀 있었다. 나는 비슷한 이야기를 이미 책에서 읽은 적이 있었기에, 그 모든 것이 장난처럼 보였다. 대화가 끝난 후에 나는 그를 바라보았고, 내 눈에 얼굴 윤곽이 가늘고, 푸른색 눈이 움푹 들어가고, 키가 크고, 잿빛 콧수염이 길고, 풍성한 머리칼이 백발에 가까운 한 남자가 보였다. 그는 매우 합리적인 사람 같았고, 입술을 삐죽 내미는 신경질적인 버릇에도 불구하고 한마디로 호감이 가는 인물이었다. 방에서 나오면서 심지어 나는 그에게 손까지 내밀려고 했으나, 내가 사람을 죽였다는 사실이 때마침 떠올랐다.

이튿날, 변호사 한 사람이 감옥으로 나를 보러 왔다. 키가 작고 통통한 그는 상당히 젊어 보였고, 머리칼을 정성스럽게 빗어 머리에 올려붙여 놓았다. 더위에도 불구하고 (나는 셔츠만 입고 있었다) 그는 어두운 색조의 양복, 빳빳한 깃, 검은색 줄무늬와 흰색 줄무늬가 교차하는 이상한 넥타이 차림이었다. 그는 겨드랑이에 끼고 있던 가방을 내 침대 위에 내려놓은 후 자기소개를 했고, 내 서류를 검토했다고 말했다. 내 사건이 까다롭기는 하지만, 내가 자기를 믿어준다면 성공을 의심하지 않는다는 것이었다. 나는 감사를 표했고, 그는 이렇게 말했다. "본론으로 들어갑시다."

그는 침대 위에 앉았고, 내 사생활에 대한 정보를 수집했노라고 말했다. 그는 어머니가 최근에 양로원에서 사망했다는 것을 알게 되었다. 그래서 마렝고에서 조사를 벌였다. 조사원들은 엄마의 장례식 날 '내가 냉담한 태도를 보였다'는 사실을 알아냈다. "아시다시피" 하고 변호사가 말했다. "저도 이런 질문을 드리는 게 거북합니다. 하지만 이건 아주 중요해요. 만일 제가 위의 사실에 대해 아무 답변 거리도 찾아내지 못한다면, 그것은 기소의 상당한 논거가 될 겁니다." 그는 내가 자기를 도와주기를 바랐다. 그는 그날 내가 마음이 아팠느냐고 물었다. 그 질문은 나를 몹시 놀라게 했고, 만일 내가 그 질문을 해야 하는 처지였다면 매우 거북했을 것 같았다. 그렇지만 나는 자문自問하는 습관을 좀 잃어버렸고, 그래서 명확하게 설명하기가 어렵다고 대답했다. 아마도 나는 어머니를 사랑했지만, 그것은 아무런 의미가 없었다. 모름지기 건강한 사람이라면 다소간 사랑하는 사람들의 죽음을 바란 적이 있기 마련이었다. 여기서 변호사는 내 말을 잘랐고, 몹시 흥분한 듯했다. 그는 나로 하여금 법정에서도 예심판사실에서도 그렇게 말하지 않기를 약속하게 했다. 그러나 나는 천성적으로 육체적 욕구가 감정을 방해하는 일이 종종 있다고 그에게 설명했다. 어머니의 장례를 치르던 날 나는 몹시 피곤했고, 졸렸다. 그래서 나는 무슨 일이 일어났는지 제대로 알 수 없었다. 내가 확실히 말할 수 있는 것은 어머니가 돌아가시지 않았더라면 더 좋았을 것이라는 사실이었다. 그러나 변호사는 못마땅한 표정을 지었다. 그가 말했다. "그 정도로는 충분치 않아요."

그는 곰곰이 생각했다. 그날 내가 자연스러운 감정을 억제했었다고 말해도 좋은지 물었다. 나는 말했다. "아뇨, 그것은 사실이 아닙니다." 내가 그에게 약간의 혐오감을 불러일으키기라도 한 듯, 그는 이상한 눈초리로 나를 바라보았다. 그는 어쨌든 양로원 원장과 직원들이 증인으로 채택될 것이고, "그렇게 되면 내가 매우 불리해질 수 있다"라고 거의 악의적인 어조로 말했다. 나는 이런 이야기가 내 사건과 아무런 관계가 없음을 지적했지만, 그는 단지 그만하면 내가 재판과 아무런 관계를 맺은 적이 없음을 잘 알겠다고 대답할 뿐이었다.

그는 화가 난 표정으로 떠났다. 나는 그를 붙들고 그의 공감을 바란다고, 변호를 더 잘 받기 위해서가 아니라 이를테면 그냥 인간적으로 그의 공감을 바란다고 말하고 싶었다. 무엇보다 내가 그를 불편하게 만들었다는 생각이 들었다. 그는 나를 이해하지 못했고, 나를 좀 원망했다. 나는 내가 다른 사람들과 똑같다는 것, 다른 사람들과 절대적으로 똑같다는 것을 설명하고 싶었다. 그러나 그 모든 것이 사실상 쓸모없는 일이었고, 귀찮기도 해서 그러기를 단념했다.

얼마 지나지 않아 나는 다시 예심판사 앞으로 인도되었다. 오후 2시였고, 이번에는 그의 사무실이 반투명 커튼을 통해 들어온 햇빛으로 가득 차 있었다. 몹시 더웠다. 그는 나를 자리에 앉게 했고, 매우 정중하게 내 변호인이 '뜻밖의 사정으로' 올 수 없게 되었다고 말했다. 그러나 그에 의하면 나는 그의 질문에 대답하지 않을 권리, 내 변호인이 입회할 때까지 기다릴 권리가 있었다. 나는 혼자서 대답할 수 있다고 했다. 그는 손가락으로 책상 위의 버튼을 눌렀다. 젊은 서기 하나가 들어와서 내 등 뒤에 자리를 잡았다.

우리는 둘 다 안락의자에 편안하게 앉았다. 심문이 시작되었다. 그는 먼저 사람들이 나를 과묵하고 내성적인 성격의 소유자로 묘사한다고 말했고, 그것에 대해서 내가 어떻게 생각하는지 알고 싶어 했다. 내가 대답했다. "할 말이 별로 없기 때문이죠. 그래서 입을 열지 않습니다." 그는 첫 번째 심문 때처럼 미소 지었고, 더없이 좋은 이유라고 인정하면서 이렇게 덧붙였다. "게다가 그건 전혀 중요한 문제가 아니지요." 그는 말문을 닫은 채 나를 바라보더니, 별안간 몸을 일으키면서 매우 빠르게 말했다. "나의 관심을 끄는 것, 그것은 바로 당신입니다." 나는 그 말이 무슨 뜻인지 잘 몰랐기 때문에, 아무런 대답도 하지 않았다. "당신의 행동 속에는 내가 이해할 수 없는 것들이 있어요." 하고 그가 덧붙였다. "당신이 내가 그것들을 이해할 수 있도록 도와줄 거라고 확신합니다." 나는 모든 것이 아주 간단하다고 말했다. 그는 그날의 일을 이야기해보라고 다그쳤다. 나는 그에게 이미 이야기했던 것을 다시 한번 요약했다. 레몽, 바닷가, 해수욕, 싸움, 다시 바닷가, 작은 샘, 태양 그리고 다섯 방의 총성. 내가 한 문장 한 문장 말할 때마다 그는 "그래요, 그래요." 하고 추임새를 넣었다. 내 이야기가 쓰러진 시체에 이르렀을 때, 그는 고개를 끄덕이며 이렇게 말했다. "좋습니다." 나로서는 그처럼 똑같은 이야기를 되풀이하는 것이 힘겨웠고, 그토록 말을 많이 한 적이 없는 듯했다.

잠시 침묵이 흐른 뒤 그는 일어섰고, 자기가 나를 도와주고 싶다고, 내가 자기의 관심을 끈다고, 하느님의 도움으로 자기가 나를 위해서 무엇인가 할 수 있으리라고 말했다. 하지만 그 이전에 그는 몇 가지 질문을 하고 싶어 했다. 그는 다짜고짜 내가 어머니를 사랑했는지 물었다. 나는 "예, 여느 사람들처럼 그랬습니다." 하고 말했고, 지금까지 규칙적으로 타자를 치던 서기가 키를 잘못 눌렀음이 틀림없었는데, 왜냐하면 당황해하면서 다시 뒤로 돌아가야만 했기 때문이었다. 그러자 여전히 뚜렷한 맥락 없이, 예심판사는 내가 권총 다섯 발을 연달아 쏘았느냐고 물었다. 나는 곰곰이 생각했고, 먼저 한 발을 쏘았고 몇 초 후에 나머지 네 발을 쏘았다고 설명했다. "왜 첫 번째 한 방과 두 번째 한 방 사이에 기다림이 있는 거죠?" 하고 그가 말했다. 다시 한번 붉은 바닷가가 떠올랐고, 불타는 태양이 이마 위에 느껴졌다. 그러나 이번에는 아무 대답도 하지 않았다. 침묵이 이어지는 동안, 판사는 흥분한 듯했다. 그는 자리에 앉았고, 머리칼을 쥐어뜯었고, 팔꿈치를 책상에 괴었고, 이상한 표정을 지으며 나를 향해 몸을 약간 굽혔다. "왜, 왜 땅바닥에 쓰러져 있는 시체에 총을 쏘았습니까?" 거기에 대해서도 나는 대답할 수 없었다. 예심판사는 두 손으로 이마를 짚었고, 사뭇 달라진 목소리로 되풀이했다. "왜 그랬습니까? 말해야만 해요. 왜 그랬습니까?" 나는 여전히 입을 다물고 있었다.

갑자기 그가 일어서더니 사무실 한쪽 끝으로 성큼성큼 걸어갔고, 서류함의 서랍 하나를 열었다. 거기서 은 십자가를 꺼낸 다음 나를 향해 되돌아오면서 그것을 흔들었다. 그리고 전혀 다른 목소리, 거의 떨리는 목소리로 소리쳤다. "당신은 이게 뭔지, 이분이 누구인지 알아요?" 내가 말했다. "예, 물론입니다." 그러자 그가 빠르고 격한 어조로 자기는 하느님을 믿는다고, 자기의 신념에 따르면 하느님이 용서하시지 않을 만큼 죄 많은 인간은 아무도 없지만, 용서를 받기 위해서는 뉘우치는 마음으로 어린아이처럼 영혼을 깨끗이 비우고 모든 걸 받아들일 준비를 해야 한다고 말했다. 그는 온몸을 책상 위로 기울였다. 그는 거의 내 머리 위에서 십자가를 휘둘렀다. 사실 나는 그의 추론을 따라가기가 힘들었는데, 왜냐하면 우선 더운 데다가 사무실에 있는 큼직한 파리들이 내 얼굴 위에 앉곤 했기 때문이고, 또한 그의 태도가 무서웠기 때문이다. 그와 동시에 이 상황이 우스꽝스럽게 여겨지기도 했는데, 왜냐하면 결국 죄인은 나였기 때문이다. 그렇지만 그는 말을 계속했다. 내가 대충 이해한 바로는 그가 보기에 나의 자백에는 단 한 가지 모호한 점이 있거니와, 그것은 두 번째 방을 쏘기 전에 기다렸다는 사실이었다. 나머지는 아주 좋지만, 오직 그 점이 이해가 가지 않는다는 것이었다.

나는 그가 그렇게 고집을 부리는 것이 잘못이라고 말하려 했다. 왜냐하면 그 점은 그다지 중요한 게 아니기 때문이었다. 그러나 그가 내 말을 끊었고, 온몸을 일으켜 세운 채 마지막으로 나를 설득하기 위해 하느님을 믿느냐고 물었다. 나는 아니라고 대답했다. 그는 화가 난 표정으로 자리에 앉았다. 그는 그럴 수는 없는 일이라고, 모든 사람이 하느님을 믿는다고, 하느님의 얼굴을 외면하는 사람들조차 하느님을 믿는다고 했다. 그것이 바로 그의 신념이었고, 만일 그것을 의심해야 한다면 그의 삶은 더 이상 의미가 없으리라는 것이었다. "당신은 내 삶이 의미가 없기를 바랍니까?" 하고 그가 외쳤다. 내 생각에 그것은 나와 상관없는 일이었고, 그에게도 그렇게 말했다. 그러나 그는 벌써 책상을 가로질러 그리스도 십자가를 내 눈 앞에 내밀었고, 두서없이 마구 소리를 질렀다. "나는, 나는 기독교인이야. 나는 네 죄에 대해 이분에게 용서를 구하고 있어. 이분이 너를 위해 고통당하셨다는 것을 어떻게 믿지 않을 수 있지?" 나는 그가 반말하는 것을 알아차렸지만, 이제 진절머리가 났다. 더위가 점점 더 심해졌다. 내가 별로 이야기를 듣고 싶지 않은 사람에게서 벗어나고 싶을 때 늘 그렇게 하듯, 나는 수긍하는 체했다. 놀랍게도 그는 의기양양한 태도를 취했다. "거봐, 거봐." 하고 그가 말했다. "너도 믿지, 그렇지, 하느님께 귀의할 거지?" 당연히 나는 다시 한번 아니라고 했다. 그는 안락의자에 털썩 주저앉았다.

그는 몹시 피곤한 듯했다. 쉽 없이 대화를 따라가던 타자기가 마지막 문장을 기록하는 동안, 그는 잠시 침묵을 지켰다. 뒤이어 그는 유심히, 다소 슬픈 표정으로 나를 바라보았다. 그는 중얼거렸다. "당신처럼 메마른 영혼은 결코 본 적이 없습니다. 내 앞으로 온 죄인들은 모두 이 고뇌의 형상을 보고 눈물을 흘렸어요." 나는 그들이 죄인이었기 때문이라고 대답하려 했다. 하지만 나 역시 그들과 똑

이방인

같은 사람이라는 생각이 들었다. 쉽사리 적응할 수 없는 생각이었다. 그때 심문이 끝났다는 것을 알리듯, 예심판사가 자리에서 일어났다. 여전히 약간 지친 표정으로, 그는 단지 내가 내 행동을 후회하는지 알고 싶어 했다. 나는 곰곰이 생각했고, 진정한 후회보다는 차라리 일종의 난처함을 느낀다고 말했다. 나는 그가 나를 이해하지 못한다는 인상을 받았다. 그러나 그날 심문은 거기까지였다.

그 뒤로도 나는 종종 예심판사를 다시 만났다. 다만 나는 매번 변호사를 동반했다. 심문은 나로 하여금 앞선 진술의 몇몇 사항을 구체적으로 설명하게 하는 데 그쳤다. 그렇지 않으면 예심판사가 변호사와 함께 국고 부담금에 대해 이야기했다. 사실상 그즈음 그들은 내게 전혀 신경 쓰지 않았다. 어쨌든 심문의 어조가 조금씩 변했다. 예심판사는 더 이상 내게 관심이 없었으며, 내 사건을 어떤 방식으로든 규정지은 듯했다. 그는 더 이상 내게 하느님 이야기를 하지 않았고, 첫날처럼 흥분하는 법도 없었다. 그 결과 우리의 면담 분위기가 한결 부드러워졌다. 몇 가지 질문, 변호사와의 간단한 대화, 그것으로 심문은 끝이었다. 예심판사의 표현에 따르면, 내 사건은 순조롭게 진행되고 있었다. 가끔 대화가 일반적인 성격을 띨 때, 그들은 나를 끼워주곤 했다. 그럴 때면 나는 비로소 숨을 쉬기 시작했다. 대화가 지속되는 동안, 아무도 내게 심술궂게 굴지 않았다. 모든 것이 너무도 자연스럽고, 질서정연하고, 간결하게 조율되어서 나는 '마치 가족의 일원이 된 듯한' 어처구니없는 인상을 받곤 했다. 그리하여 11개월의 예심이 끝났을 때, 나는 예심판사가 방문까지 배웅하며 어깨를 두드리고 다정히 말을 건네주던 그 흔치 않은 순간, 그 순간을 무엇보다 즐겼다는 사실에 스스로도 놀랐다고 말할 수 있다. "오늘은 이것으로 끝이오, 불신자 양반." 그런 다음, 나는 헌병들의 손에 넘겨졌다.

2

내가 결코 이야기하고 싶지 않은 것들이 있다. 감옥에 들어와서 며칠이 지났을 때, 나는 내 인생에서 이 부분을 이야기하고 싶지 않으리라는 것을 깨달았다.

얼마 후, 나는 더 이상 이 혐오감에 중요성을 부여하지 않았다. 사실 처음 며칠 동안은 수감을 실감하지 못했다. 나는 막연히 어떤 새로운 사건을 기다리고 있었다. 모든 일은 마리의 처음이자 마지막 방문 이후에 시작되었다. 그녀의 편지를 받은 날부터(그녀는 자기가 내 아내가 아니기 때문에 더 이상 면회가 허용되지 않는다고 했다), 그날부터 나는 감방이 내 집이며 내 삶이 거기서 멈춰버렸다고 느꼈다. 체포되던 날 나는 우선 여러 사람이 수감되어 있는 방에 갇혔는데, 대부분이 아랍인이었다. 그들은 나를 보고 미소 지었다. 뒤이어 그들은 내가 무슨 일을 저질렀는지 물었다. 내가 아랍인 하나를 죽였다고 했더니, 그들은 잠잠해졌다. 잠시 후 땅거미가 졌다. 그들은 내가 몸을 누일 돗자리를 어떻게 펴야 하는지 설명해주었다. 한쪽 끝을 둥글게 말면, 그것이 베개가 되었다. 밤새 빈대들이 내 얼굴 위를 기어 다녔다. 며칠 후, 나는 판자 침대가 있는 독방에 격리되었다. 변기통 하나와 철제 대야 하나가 주어졌다. 감옥이 도시 꼭대기에 있었기에, 나는 조그마한 창을 통해 바다를 볼 수 있었다. 어느 날 창살을 움켜잡고 얼굴을 햇빛 쪽으로 내밀고 있을 때, 간수가 들어와서 누군가 면회를 왔다고 했다. 나는 마리라고 생각했다. 과연 그녀였다.

면회실로 가기 위해 긴 복도, 이어서 계단, 끝으로 또 하나의 복도를 따라갔다. 나는 넓은 창을 통해 빛이 들어오는 아주 큰 방으로 들어갔다. 방은 길게 가로지른 두 쇠창살에 의해 세 부분으로 나뉘어 있었다. 두 쇠창살 사이에는 8미터에서 10미터 정도의 공간이 있어 면회인과 죄수를 갈라놓았다. 내 맞은편에 줄무늬 원피스를 입고 햇볕에 얼굴을 그을린 마리가 보였다. 내가 서 있는 쪽으로 10여 명의 수감자가 있었는데, 대부분 아랍인이었다. 무어 여자들에게 둘러싸인 마리는 두 여자 면회인 사이에 서 있었다. 하나는 검은색 옷을 입고 입을 꼭 다문 자그마한 노파였고, 다른 하나는 머리에 아무것도 두르지 않은 채 손짓 발짓과 함께 큰 소리로 말하는 뚱뚱한 여자였다. 두 쇠창살 사이의 거리 때문에, 면회인들과 죄수들은 목청을 높이지 않으면 안 되었다. 안으로 들어섰을 때, 방

의 헐벗은 벽에 부딪혀 튀어 오르는 시끄러운 목소리들, 유리창 너
머 하늘로부터 쏟아져 온 방에 반사되는 강렬한 햇빛 때문에 나는
한순간 얼이 빠지는 듯했다. 내 감방은 더 조용하고 어두웠다. 잠시
면회실에 익숙해지는 시간이 필요했다. 그렇지만 이내 밝은 햇빛
속에서 드러나는 얼굴 하나하나가 뚜렷이 보였다. 간수가 두 쇠창
살 사이의 공간 한쪽 끝에 앉아 있는 것이 눈에 띄었다. 아랍인 죄
수 대부분과 그들의 가족은 웅크리고 앉은 채 서로 마주 보고 있었
다. 그들은 소리를 지르지 않았다. 시끌벅적한 소란 가운데 그들은
몹시 나직이 말하면서도 서로의 말을 잘 알아들었다. 아래에서 올
라오는 희미한 속삭임은 그들의 머리 위에서 교차하는 말소리 밑
으로 일종의 저음부를 이루었다. 마리에게 나아가면서 나는 그 모
든 것을 금세 알아차렸다. 벌써 쇠창살에 달라붙은 마리는 내게 온
힘을 다해 미소 지었다. 나는 그녀가 매우 아름답다고 생각했지만,
그것을 그녀에게 말하지는 못했다.

"어떠세요?" 그녀가 아주 큰 목소리로 말했다. "그래, 괜찮아."
"잘 지내요, 필요한 거 없어요?" "그래, 없어."

우리는 침묵을 지켰고, 마리는 여전히 미소 짓고 있었다. 뚱뚱
한 여자는 아마도 남편인 듯한 내 옆의 남자, 눈빛이 솔직하고 키가
큰 금발 남자를 향해 고함을 질렀다. 그들은 이미 시작된 대화를 이
어가고 있었다.

"잔이 그 애를 맡으려고 하지 않아요." 하고 그녀가 목이 터지
도록 소리쳤다. "그래, 그렇군." 하고 남자가 말했다. "당신이 출소하

면 다시 데려올 거라고 했지만, 잔이 말을 듣지 않아요."

마리가 레몽이 안부를 전하더라고 소리쳤고, 나는 "고맙다고 전해줘." 하고 말했다. 그렇지만 내 목소리는 "그 애는 어떻게 지내고 있어?" 하고 묻는 내 옆의 남자 목소리에 묻혀버렸다. 그의 아내는 "그 어느 때보다도 잘 지내요."라고 말하며 웃었다. 내 왼쪽에 서 있던 손이 가냘프고 키가 작은 청년은 아무 말도 하지 않고 있었다. 나는 그가 자그마한 노파와 마주하고 있으며, 둘 다 서로를 뚫어지게 바라보고 있다는 것을 알았다. 하지만 나는 더 이상 그들을 관찰할 여유가 없었는데, 마리가 희망을 잃지 말아야 한다고 외쳤기 때문이었다. 나는 "그래." 하고 말했다. 대답과 동시에 나는 마리를 쳐다보았고, 원피스 위로 드러난 그녀의 어깨를 껴안고 싶었다. 나는 그 얇은 천에 욕망을 느꼈고, 그것 외에 도대체 무엇에 희망을 걸어야 할지 알 수 없었다. 어쨌든 마리가 여전히 미소 짓고 있는 걸 보면, 그녀가 뜻하는 것도 아마 그런 것이었으리라. 이제 내 눈에는 그녀의 반짝이는 치아와 눈가의 잔주름밖에 보이지 않았다. 그녀가 다시 소리쳤다. "나오게 될 거예요, 그러면 우리 결혼해요!" 나는 "그렇게 생각해?" 하고 대답했지만, 그것은 그저 무슨 말이라도 하기 위해서 한 말이었다. 그러자 그녀는 아주 빠르게 그리고 여전히 큰 목소리로 그렇게 생각한다고, 내가 석방될 거라고, 그러면 다시 해수욕하러 가자고 말했다. 그때 마리 옆에 있던 여자가 고함을 질렀고, 서무과에 바구니 하나를 맡겼다고 말했다. 그녀는 바구니 안에 넣은 물건을 하나하나 주워섬겼다. 모두 값이 비싼 물건이므로,

이방인

잘 확인해야 한다는 것이었다. 내 왼쪽 청년과 그의 어머니는 여전히 서로를 바라보고 있었다. 아랍인들이 소곤거리는 소리가 우리 아래쪽에서 계속 이어졌다. 밖에서는 햇빛이 창에 부딪혀 부풀어 오르는 듯했다.

나는 몸이 좀 불편했고, 그 자리를 떠나고 싶었다. 시끄러운 소리 때문에 힘이 들었다. 그렇지만 나는 마리와 함께 있는 시간을 헛되이 보내고 싶지 않았다. 얼마나 많은 시간이 지났는지 모르겠다. 마리가 자기 일을 이야기했고, 끊임없이 미소 지었다. 여기저기서 소곤거림, 외침, 대화가 교차했다. 서로를 바라보고 있는 그 키 작은 청년과 노파만이 내 곁에서 침묵의 고도孤島를 이루었다. 하나씩 하나씩 아랍인들이 차례로 끌려 나갔다. 첫 번째 죄수가 나가자마자 거의 모든 사람이 말문을 닫았다. 조그마한 노파가 창살에 바짝 붙었고, 그와 동시에 간수가 그녀의 아들에게 눈짓을 했다. 아들이 "안녕히 가세요, 어머니."라고 말했고, 그녀는 두 개의 창살 사이로 손을 내밀어 천천히 오래도록 조그맣게 손짓을 했다.

노파가 떠나자, 한 남자가 모자를 손에 들고 들어와서 그녀의 자리를 차지했다. 면회실로 이끌려온 죄수 하나가 그 남자와 함께 활기차게 그러나 나지막이 이야기를 주고받았는데, 왜냐하면 방이 다시 조용해졌기 때문이었다. 간수가 내 오른쪽 남자를 데리러 왔고, 그의 아내는 소리칠 필요가 없어졌다는 것을 인식하지 못했는지 목소리를 낮추지 않고 말했다. "건강을 돌보세요, 만사에 조심하고." 이어서 내 차례가 되었다. 마리는 내게 키스를 보내는 동작을 취했다. 나는 밖으로 나가기 전에 뒤를 돌아보았다. 마리는 꼼짝하지 않고 쇠창살에 얼굴을 갖다 댄 채, 이러지도 저러지도 못하는 난처한 표정으로 일그러진 미소를 짓고 있었다.

마리가 내게 편지를 보낸 것은 바로 그 직후였다. 그리고 바로 그때부터 내가 결코 이야기하고 싶지 않은 일들이 시작되었다. 여하튼 아무것도 과장하지 말아야 하는데, 그 일은 다른 이들보다 내게 더 쉬웠다. 수감 초기에 가장 힘들었던 것은 내가 자유로운 사람처럼 생각하는 것이었다. 예컨대 바닷가로 가서 물속에 들어가고 싶은 욕망이 나를 사로잡았다. 발바닥에 부딪치는 첫 물결 소리, 물속에 몸을 던질 때의 촉감, 거기서 느끼는 해방감을 상상할 때, 나는 불현듯 감옥의 벽이 얼마나 답답한지를 실감했다. 그것은 몇 달 동안 계속되었다. 그런 다음에야 나는 죄수로서의 생각에 익숙해졌다. 나는 날마다 안마당에서 산책했고, 변호사의 주기적인 방문을 기다렸다. 나머지 시간도 아주 잘 보냈다. 그 무렵 나는 마른 나무둥치 속에 살게 되어 머리 위로 하늘의 꽃을 바라보는 일 외에 아무것도 할 수 없다 하더라도, 그 생활에 차츰 적응했으리라고 생각했다. 이를테면 새들이 지나가기를 또는 구름들이 서로 만나기를 기다렸으리라, 마치 지금 여기서 변호사의 야릇한 넥타이를 기다리고 저 바깥세상에서 마리의 몸을 껴안기 위해 토요일까지 기다렸던 것처럼. 그렇지만 곰곰이 생각해보면, 나는 마른 나무둥치 속에 있지 않았다. 나보다 더 불행한 사람들도 있었다. 이것은 엄마의 생각이었는데, 엄마는 종종 사람이란 모든 것에 익숙해지는 법이라고 말하곤 했다.

그런데 통상 나는 그렇게 자위할 정도로 불행의 상상력을 폭넓게 펼치지는 못했다. 처음 몇 달은 힘이 들었다. 하지만 하루하루를 견디기 위한 노력 자체가 그 몇 달을 보내는 데 도움이 되었다. 예컨대 여자에 대한 욕정 때문에 고통스러웠다. 젊었으니 당연한 일이었다. 나는 결코 마리만을 생각하지 않았다. 한 여자, 여러 여자, 내가 알고 지냈던 모든 여자 그리고 내가 그녀들을 사랑했던 모든 상황을 너무도 간절히 떠올렸기에, 급기야 내 감방이 그 모든 얼굴로 가득 찼고 내 정욕으로 넘쳐났다. 어떤 의미에서 그것은 나를 혼란에 빠뜨렸다. 그러나 또 다른 의미에서 그것은 시간을 보내게 해주었다. 그러던 중에 나는 식사 시간에 주방 소년과 함께 오는 간수장의 호감을 사게 되었다. 그가 먼저 여자 이야기를 꺼냈다. 그에 의하면, 수감자들이 가장 불만스럽게 여기는 것이 바로 이 문제였다. 나는 나도 그들과 매한가지이며, 이런 조치가 부당하게 여겨진다고 말했다. "하지만 당신을 감옥에 가두는 것은 바로 그 때문이오." 하고 그가 말했다. "그 때문이라니요?" "그렇고말고, 자유, 그것 때문이라오. 당신에게서 자유를 빼앗는 거지요." 나는 그 점을 한 번도 생각해본 적이 없었다. 나는 동의를 표했다. "맞아요, 그렇지 않다면 징벌이라는 게 어디 있겠습니까?" 하고 내가 말했다. "그래요, 당신은 말귀를 잘 알아듣는구려. 다른 사람들은 그렇지 못해요. 결국 그들은 스스로 욕구를 해결하지요." 그런 다음, 간수장은 자리를 떠났다.

담배도 문제였다. 감옥에 들어왔을 때, 나는 허리띠, 구두끈, 넥타이, 주머니에 들어 있던 모든 것, 특히 담배를 압수당했다. 독방으로 옮긴 후, 나는 담배를 돌려달라고 했다. 그러나 그것은 금지되어 있었다. 처음 며칠은 몹시 괴로웠다. 나를 가장 힘들게 한 것이 아마도 이것이었으리라. 나는 침대 판자에서 뜯어낸 나뭇조각을 빨곤 했다. 온종일 끊임없이 헛구역질에 시달렸다. 아무에게도 해를 끼치지 않는 그것을 왜 빼앗는지 알 수 없었다. 나중에 나는 그것도 징벌의 일부라는 것을 깨달았다. 그렇지만 그 무렵엔 더 이상 담배를 피우지 않는 데 익숙해졌고, 이 징벌은 내게 더 이상 징벌의 의미를 지니지 않게 되었다.

이런 불편들을 제외하면, 나는 지나치게 불행한 것도 아니었다. 거듭 말하지만, 문제는 시간을 보내는 것이었다. 그러나 과거를 추억하는 법을 터득한 순간부터, 나는 조금도 지루함을 느끼지 않았다. 가끔 나는 내 방을 떠올렸고, 한쪽 구석에서 출발해 다시 거기로 되돌아올 때까지 도중에 있는 모든 것을 머릿속으로 열거하곤 했다. 처음에는 금세 끝이 났다. 그러나 다시 할 때마다, 그것은 조금 더 길어졌다. 왜냐하면 가구를 하나하나 떠올렸고, 가구마다 거기에 든 물건을 하나하나 떠올렸고, 물건마다 세부細部를 하나하나 떠올렸고, 세부마다, 즉 상감象嵌, 갈라진 틈, 이 빠진 가장자리마다 색깔이나 결을 떠올렸기 때문이었다. 그와 동시에 나는 내 재산 목록을 빠짐없이 되짚고, 완벽하게 열거하고자 애썼다. 그리하여 몇 주 후에는 내 방에 있는 물건을 셈하는 것만으로도 여러 시간을 보낼 수 있었다. 이런 식으로 더 깊이 생각하면 할수록, 나는 내 기억으로부터 소홀히 했던 것, 잊어버렸던 것을 더 많이 끌어냈다. 그때 나는 바깥세상에서 단 하루를 살았던 사람도 감옥에서 백 년은 어렵지 않게 살 수 있으리라고 생각했다. 그런 사람 역시 지루해하지 않아도 될 정도로 충분한 추억 거리를 가지고 있을 테니까 말이다. 어떻게 보면 그것은 이점이었다.

또한 잠이 문제였다. 처음에 나는 밤에도 잠을 자기가 어려웠고, 낮에는 전혀 자지 못했다. 차츰 밤잠이 늘었고, 낮에도 잘 수 있었다. 마지막 몇 달 동안에는 하루에 16시간에서 18시간 동안 줄곧 잠을 잤다고 할 수 있다. 그러니까 나머지 6시간만 잘 보내면 되었는데, 그것은 식사, 용변, 추억 그리고 체코슬로바키아 사람 이야기로 채워졌다.

침대 판자와 짚 매트 사이에서 나는 천에 달라붙어 노랗게 색이 변하고 앞뒤가 훤히 비치는 낡은 신문지 한 조각을 발견했다. 도입부가 떨어져 나가고 없었지만, 체코슬로바키아에서 일어났음이 틀림없는 잡보 기사를 싣고 있었다. 한 남자가 돈을 벌기 위해 체코의 시골 마을을 떠났었다. 25년 후에, 부자가 된 그는 아내와 아이를 데리고 돌아왔다. 그의 어머니는 고향 마을에서 그의 누이와 함께 여관을 운영하고 있었다. 어머니와 누이를 놀래주려고 아내와 아이를 다른 여관에 남겨둔 채 어머니의 여관으로 갔는데, 그가 들어갔을 때 어머니는 그를 알아보지 못했다. 그는 장난삼아 방을 하나 잡을 생각을 했다. 그는 수중의 돈을 보여주었다. 밤중에 그의 어머니와 누이는 돈을 훔치려고 그를 망치로 때려죽인 다음, 시체를 강물에 던져버렸다. 아침이 되자 그의 아내가 찾아왔고, 영문도 모른 채 손님의 신분을 밝혔다. 어머니는 스스로 목을 매었다. 누이는 우물에 몸을 던졌다. 아마 나는 이 이야기를 수천 번 읽었을 것이다. 한편으로 이 이야기는 사실 같지 않았다. 다른 한편으로 이 이야기는 자연스러웠다. 어쨌든 나는 손님이 다소 그럴 만한 짓을 했고, 장난은 절대로 하면 안 된다고 생각했다.

그처럼 잠자기, 추억, 잡보 기사 읽기, 빛과 어둠의 교차와 더불어 시간이 흘러갔다. 감옥에서는 결국 시간 관념을 잃게 된다는 글을 언젠가 읽은 적이 있었다. 그러나 그때 그 글은 내게 아무런 의미가 없었다. 하루하루가 얼마나 긴 동시에 짧을 수 있는지 나는 알지 못했었다. 하루하루가 살아내기에는 길게 느껴졌지만, 지나치게 늘어져서 마침내 서로 경계를 넘어 이리저리 흘러넘쳤다. 그러는 가운데 하루하루는 자신의 이름을 잃었다. 어제 또는 내일이라는 낱말만이 내게 유일하게 의미를 지니는 낱말이었다.

어느 날 간수로부터 내가 여기에 들어온 지 다섯 달이 되었다는 말을 들었을 때, 나는 그 말을 믿었지만 이해할 수는 없었다. 나로서는 똑같은 날들이 끊임없이 내 방으로 밀려들었고, 똑같은 일들이 끊임없이 되풀이되었다고 여겨질 뿐이었다. 그날, 간수가 떠난 뒤에 나는 철제 반합에 내 얼굴을 비춰보았다. 철제 반합에 비친 얼굴을 향해 아무리 웃어보아도 그 얼굴은 심각한 표정을 지었다. 나는 그 얼굴을 흔들었다. 그리고 다시 웃었지만, 그 얼굴은 여전히 심각하고 슬픈 표정을 지었다. 날이 저물고 있었는데, 그것은 내가 이야기하고 싶지 않은 시간, 이름 없는 시간, 저녁의 소리가 감옥 층계 여기저기서 침묵의 행렬을 뚫고 올라오는 시간이었다. 나는 천창으로 다가갔고, 마지막 햇빛 속에서 다시 한번 철제 반합에 비친 내 얼굴을 바라보았다. 그 얼굴은 여전히 심각했지만 놀랄 일이 무엇일까, 그때 나는 실제로 심각했으니까 말이다. 그런데 바로 그 순간, 몇 달 만에 처음으로 내 목소리가 또렷이 들렸다. 나는 그것이 오래전부터 내 귀에 울리던 소리라는 걸 알아차렸고, 그동안 줄곧 혼자서 말하고 있었다는 걸 깨달았다. 그때, 엄마의 장례식 날 간호사가 했던 말이 떠올랐다. 그렇다, 어쩔 도리가 없었다, 감옥에서의 저녁나절이 어떤 것인지를 누가 상상이나 할 수 있겠는가.

3

사실상 금세 여름이 가고, 다시 여름이 왔다고 할 수 있다. 나는 첫 더위의 시작과 더불어 무엇인가 새로운 일이 내게 닥치리라는 것을 알고 있었다. 내 사건은 중죄재판소 마지막 회기에 등록되어 있었고, 이 회기는 6월에 끝날 예정이었다. 심리審理가 시작되었을 때, 밖은 온통 햇빛으로 가득 차 있었다. 내 변호사는 심리가 이삼일 이상 걸리지 않으리라고 단언했다. "게다가" 하고 그가 덧붙였다. "당신 사건이 이번 회기의 가장 중요한 사건이 아니기 때문에, 재판부도 서두를 겁니다. 뒤이어 존속살해 사건이 다뤄지거든요."

아침 7시 반에 사람들이 와서 호송차로 나를 법원으로 데려갔다. 헌병 두 사람이 나를 어두침침한 작은 방으로 들어가게 했다. 우리는 문 옆에 앉아서 기다렸는데, 문 뒤에서 여러 목소리, 이름

부르는 소리, 의자 부딪치는 소리 그리고 동네 축제에서 연주회가 끝난 후 춤출 수 있도록 홀을 정리할 때를 연상시키는 시끌벅적한 소리가 들렸다. 헌병들은 개정을 기다려야 한다고 내게 말했고, 그들 가운데 하나가 담배를 권했으나 나는 사양했다. 뒤이어 그가 "떨리느냐"고 물었다. 나는 아니라고 대답했다. 게다가 어떤 의미에서 재판을 구경한다는 것은 흥미진진한 일이기도 했다. 나는 살면서 그런 기회를 단 한 번도 가져본 적이 없었다. "그래요." 하고 두 번째 헌병이 말했다. "그렇지만 결국 싫증이 나죠."

잠시 후, 방 안에서 작은 벨 소리가 울렸다. 그러자 그들은 내 수갑을 풀었다. 그들은 문을 열었고, 나를 피고인석으로 들어가게 했다. 법정은 사람들로 가득했다. 블라인드가 쳐져 있었음에도 군데군데 햇빛이 스며들었고, 공기는 이미 숨이 막힐 정도로 무거웠다. 유리창은 닫혀 있었다. 내가 자리에 앉자, 헌병들이 나를 좌우에서 에워쌌다. 내 앞에 열을 지어 앉은 얼굴들이 눈에 띈 것은 바로 그때였다. 모두가 나를 쳐다보고 있었다. 나는 그들이 배심원들이라는 것을 알아차렸다. 그러나 그들이 서로 잘 구분되지는 않았다. 나는 오직 한 가지 인상을 받았다. 이를테면 나는 전차의 긴 의자 앞에 앉아 있었고, 이 모든 익명의 승객들은 새로운 승객을 훑어보면서 그에게서 웃음거리를 찾고 있는 듯했다. 나는 이것이 어리석은 생각이라는 것을 잘 알고 있었는데, 왜냐하면 여기서 그들이 찾는 건 웃음거리가 아니라 범죄이기 때문이었다. 그렇지만 차이는 크지 않으며, 어쨌거나 그때 문득 그런 생각이 들었다.

또한 나는 닫힌 공간에 들어찬 그 많은 사람 때문에 좀 어리둥절했다. 다시 한번 법정을 둘러보았지만, 어떤 얼굴도 알아볼 수 없었다. 처음에 나는 그 모든 사람이 나를 보기 위해 몰려들었다는 사실을 깨닫지 못했던 것 같다. 평소에 사람들은 내 존재에 관심이 없었다. 내가 이 모든 소란의 원인이라는 것을 이해하기 위해서는 약간의 노력이 필요했다. 나는 헌병에게 이렇게 말했다. "사람들이 정말 많군요!" 그는 신문 때문이라고 대답하면서 배심원석 아래, 책상 옆에 자리 잡은 한 무리의 사람을 가리켰다. "저기 있잖소." 그가 말했다. "누가요?" 하고 내가 물었고, "신문 말이오." 하고 그가 되풀이했다. 그는 기자 하나를 알고 있었는데, 바로 그때 그 기자가 그를 보고 우리를 향해 걸어왔다. 약간 찌푸린 얼굴을 한, 꽤 나이가 많고 호감이 가는 남자였다. 그는 매우 다정하게 헌병과 악수했다. 그 순간 나는 같은 세계 사람들끼리 있어 모두가 행복한 클럽에서처럼 모든 사람이 서로 만나고, 부르고, 대화하는 것을 보았다. 그

제야 나는 왜 내가 다소 침입자 같고 남아도는 존재 같다는 기묘한 인상을 받았는지 이해할 수 있었다. 그렇지만 그 기자는 미소 지으며 내게 말을 걸었다. 그는 모든 일이 내게 유리하게 진행되기를 바란다고 했다. 내가 고맙다고 하자 그가 덧붙여 말했다. "그런데 말이죠, 우리는 당신 사건을 좀 부풀려서 보도했답니다. 여름철은 신문으로서는 비수기이거든요. 기사가 될 만한 건 당신 사건과 존속 살해 사건밖에 없었어요." 그는 조금 전에 함께 있었던 사람들 가운데 살진 족제비를 닮은, 커다란 검은 테 안경을 쓴 자그마한 남자를 가리켰다. 파리 신문의 특파원이라고 그가 말했다. "하기야 당신 사건 때문에 온 건 아닙니다. 존속살해 사건을 취재하러 왔기에 우리가 당신 사건도 함께 타전하라고 권했지요." 그때 나는 다시 한번 고맙다고 말할 뻔했다. 그러나 우스꽝스러운 짓임이 틀림없었다. 그는 가벼운 손짓으로 내게 다정하게 인사하고서 자리를 떠났다. 우리는 다시 몇 분을 더 기다렸다.

법복을 입은 내 변호인이 여러 동료에게 둘러싸인 채 들어왔다. 그는 신문기자들에게 가서 악수했다. 그들이 농담하고, 소리 내어 웃고, 아주 편안한 표정으로 담소를 나누는 동안 법정에 벨이 울렸다. 모든 사람이 자기 자리로 돌아갔다. 내 변호인이 내게로 와 악수하면서, 질문에 짧게 답하고 먼저 말하지 말고 나머지는 자기에게 맡기라고 충고했다.

내 왼쪽에서 의자를 뒤로 당기는 소리가 들렸고, 붉은 법복을 입고 코안경을 쓴, 키가 크고 호리호리한 남자가 정성스럽게 법복을 여미며 자리에 앉는 모습이 보였다. 검사였다. 정리廷吏가 재판관 출정出廷을 알렸다. 그와 동시에 커다란 선풍기 두 대가 윙윙거리기 시작했다. 검은 법복을 입은 판사 두 명, 붉은 법복을 입은 판사 한 명, 모두 세 명의 판사가 서류를 들고 들어왔고, 법정을 한눈에 내려다볼 수 있는 재판관석으로 성큼성큼 걸어갔다. 붉은 법복을 입은 남자가 중앙 안락의자에 앉았고, 법모法帽를 벗어 내려놓은 후 손수건으로 조그마한 대머리를 닦은 다음 개정을 선언했다.

신문기자들은 벌써 만년필을 손에 쥐고 있었다. 그들은 모두 무심하고 다소 비웃는 듯한 표정을 지었다. 그런데 그들 가운데 유난히 젊은 기자, 푸른색 넥타이에 회색 플란넬 양복을 입은 젊은 기자 하나가 만년필을 내려놓고 나를 바라보고 있었다. 약간 비대칭적인 얼굴 속에서 아주 맑은 두 눈만 보였는데, 그 두 눈은 나를 유심히 살피면서도 딱히 무언가를 표현하지는 않았다. 그때 나는 나자신에 의해 관찰당하는 듯한 기이한 인상을 받았다. 아마 그것 때문에 그리고 내가 그곳의 관행을 잘 몰랐기 때문에, 나는 뒤이어 일어난 모든 일, 즉 배심원 추첨과 변호사, 검사, 배심원단에게 던지는 재판장의 질문(질문을 할 때마다 배심원들의 머리가 일제히 재판부를 향했다), 내가 아는 지명과 인명이 나온 기소장의 빠른 낭독, 내 변호인에게 던지는 새로운 질문 등을 이해하기가 힘들었다.

재판장이 증인 호출을 하겠노라고 말했다. 정리가 호명했는데, 그 이름들이 내 주의를 끌었다. 조금 전에 형태 없이 한 덩어리로 보였던 그 방청객들 가운데 양로원 문지기, 원장, 토마 페레 영감, 레몽, 마송, 살라마노, 마리가 한 사람씩 차례로 일어서더니 옆문으로 사라졌다. 마리는 내게 살며시 걱정스럽다는 눈짓을 했다. 내가 그들을 더 일찍 알아보지 못했다는 사실에 놀라고 있을 때, 마지막으로 셀레스트가 호명을 받고 일어섰다. 그의 곁에 언젠가 식당에서 보았던 여자, 정확하고 단호한 태도를 지닌 키 작은 여자가 그날 그 재킷 차림으로 앉아 있는 게 눈에 띄었다. 그녀는 나를 뚫어지게 쳐다보고 있었다. 그러나 재판장이 발언을 시작했기 때문에, 나는 더 생각할 틈이 없었다. 재판장은 이제부터 정식 심리가 시작될 것이며, 방청객들에게 새삼스럽게 정숙을 요청할 필요가 없으리라 여긴다고 말했다. 그에 의하면, 자기는 사건을 객관적인 시선으로 바라보고 심리를 공명정대하게 이끌기 위해 그 자리에 있다고 말했다. 배심원단이 내리는 평결은 정의의 정신에 따라 이루어질 것이며, 여하튼 재판장으로서 장내에 조그마한 사고라도 생기면 즉시 방청객 퇴장을 명할 것이라고 말했다.

더위가 심해졌고, 방청객들이 신문으로 부채질하는 모습이 보였다. 그 때문에 종이 구겨지는 소리가 계속 들렸다. 재판장이 손짓하자 정리가 짚으로 엮은 부채 세 개를 가져왔고, 세 판사는 지체 없이 그것을 사용했다.

곧바로 나에 대한 심문이 시작되었다. 재판장은 조용히, 심지어 내가 느끼기에는 다정한 어조로 내게 질문했다. 나는 다시 한번 내 신원을 밝혀야 했고, 성가시긴 해도 그것이 당연한 일로 여겨졌는데, 한 사람을 다른 사람으로 알고 재판한다면 너무도 중대한 결과가 발생할 것이기 때문이었다. 그러고 나서 재판장은 내가 저지른 일을 이야기하기 시작했고, 세 문장이 끝날 때마다 내게 이렇게 물었다. "그렇지요?" 매번 나는 변호인의 지시에 따라 이렇게 대답했다. "예, 재판장님." 재판장이 이야기를 너무 자세히 했기 때문에, 시간이 오래 걸렸다. 그동안 신문기자들은 줄곧 글을 쓰고 있었다. 나는 그들 가운데 가장 젊은 기자의 시선과 그 키 작은 자동 인형의 시선을 느꼈다. 전차의 긴 의자에 앉은 사람들은 모두 재판장을 향해 고개를 돌리고 있었다. 재판장은 기침을 했고, 서류를 뒤적였으며, 부채질하면서 고개를 돌려 나를 보았다.

그는 이제부터 겉보기에는 내 사건과 무관한 듯하지만, 실제로는 밀접한 관계가 있는 문제를 다룰 것이라고 말했다. 나는 그가 다시 엄마에 대해 이야기할 것임을 알아차렸고, 동시에 그것이 얼마나 나를 난처하게 하는지 실감했다. 그는 왜 내가 어머니를 양로원에 넣었는지 물었다. 나는 어머니를 돌보고 부양할 돈이 없었기 때문이라고 대답했다. 그는 그것이 내게 부담이 되었는지 물었고, 나는 어머니와 내가 서로에게, 게다가 아무에게도 더 이상 아무것도 기대하지 않았으며, 우리는 둘 다 각자의 새로운 생활에 익숙해졌다고 대답했다. 그러자 재판장은 그 점에 대해서는 더 이상 묻지 않겠다고 했고, 검사에게 다른 질문이 없느냐고 물었다.

검사는 내게 반쯤 등을 돌렸고, 나를 쳐다보지도 않고서 재판장이 허락한다면 내가 아랍인을 죽일 의도로 혼자 샘을 향해 되돌아갔는지 묻고 싶다고 했다. "아닙니다." 하고 나는 말했다. "그렇다면 그는 왜 무기를 가지고 있었고, 왜 바로 그곳으로 되돌아갔을까요?" 우연히 그렇게 되었다고 내가 대답했다. 그러자 검사는 심기가 불편한 어조로 이렇게 말했다. "지금으로서는 이것이 전부입니다." 그런 다음에는 모든 게 적어도 내게는 좀 혼란스러웠다. 그러나 잠시 밀담을 나눈 후, 재판장은 증인 신문을 오후로 넘기겠다며 휴정을 선언했다.

나는 깊이 생각해볼 틈이 없었다. 사람들이 나를 데려가서 호송차에 실었고, 나는 감옥으로 이송되어 식사를 했다. 아주 짧은 시간, 내가 피로를 살짝 느낄 정도의 짧은 시간이 지나자, 사람들이 다시 와서 나를 데려갔다. 모든 것이 다시 시작되었고, 나는 똑같은 방에서, 똑같은 얼굴들 앞에 자리했다. 다만 더위가 훨씬 더 심해졌고, 마치 기적이 일어난 듯 모든 배심원, 검사, 내 변호인, 몇몇 신문기자가 밀짚 부채를 들고 있었다. 젊은 신문기자와 키 작은 여자는 여전히 거기에 앉아 있었다. 그러나 그들은 부채질을 하지 않았고,

여전히 아무 말 없이 나를 바라보았다.

　나는 얼굴에 맺힌 땀을 닦았고, 양로원 원장을 부르는 소리를 들었을 때 비로소 그 장소와 나 자신에 대한 의식을 조금 되찾았다. 재판장이 어머니가 나에 대해 불평을 했느냐고 물었고, 원장은 그렇다고, 하지만 혈족에 대해 불평하는 것은 어떤 면에서 재원자들의 일반적 기벽으로 볼 수 있다고 했다. 재판장이 어머니가 자신을 양로원에 넣었다고 나를 비난했는지 구체적으로 물었고, 원장은 다시 한번 그렇다고 말했다. 그러나 이번에는 아무것도 덧붙이지 않았다. 또 다른 질문을 받자, 그는 장례식 날 나의 무덤덤한 태도를 보고 놀랐다고 대답했다. 재판장이 무덤덤한 태도가 무엇을 뜻하느냐고 물었다. 그러자 원장은 자신의 구두 끝을 내려다보았고, 내가 어머니를 보고 싶어 하지 않았다고, 내가 한 번도 눈물을 흘리지 않았다고, 무덤 앞에서 묵념조차 하지 않고 장례식이 끝나자마자 떠나버렸다고 말했다. 그를 놀라게 한 것이 또 한 가지 있었다. 장의 인부 한 사람이 내가 어머니의 나이를 모르더라고 말해주었다는 것이었다. 잠시 침묵이 흘렀고, 재판장은 지금까지 증언한 것이 모두 나에 대한 것이냐고 그에게 물었다. 원장이 질문을 이해하지 못했기 때문에, 재판장이 설명했다. "법률상 하는 질문입니다." 뒤이어 재판장은 증인에게 할 질문이 없느냐고 검사에게 물었고, 검사는 이렇게 외쳤다. "아! 아닙니다, 그것으로 충분합니다." 그 목소리가 너무나 단호하고 나를 향한 눈초리도 너무나 의기양양했기 때문에, 그리고 이 모든 사람이 얼마나 나를 미워하는지 생생하게 느껴졌기 때문에, 나는 몇 년 만에 처음으로 울고 싶다는 어리석은 생각이 들었다.

배심원단과 내 변호인에게 질문이 있느냐고 물은 후, 재판장은 문지기의 증언을 들었다. 다른 증인들과 마찬가지로 그에게도 똑같은 의식이 되풀이되었다. 증인석에 이르렀을 때 문지기는 나를 쳐다보았고, 이내 눈길을 돌렸다. 그는 질문에 대답했다. 그는 내가 어머니를 보고 싶어 하지 않았고, 담배를 피웠고, 잠을 잤고, 밀크커피를 마셨다고 말했다. 그때 나는 장내를 술렁이게 하는 무엇인가를 느꼈고, 처음으로 내가 죄인이라는 사실을 깨달았다. 재판장은 문지기로 하여금 밀크커피 이야기와 담배 이야기를 되풀이하게 했다. 검사는 조소에 찬 눈빛으로 나를 바라보았다. 바로 그 순간, 내 변호인이 문지기에게 그도 나와 함께 담배를 피우지 않았느냐고 물었다. 이 질문을 듣자 검사가 자리에서 벌떡 일어났다. "도대체 누가 죄인입니까? 더없이 결정적인 증언을 폄훼하려고 원고 측 증인을 욕보이는 이 수작을 도대체 어떻게 이해해야 합니까?" 아무튼 재판장은 문지기에게 질문에 대답할 것을 요구했다. 영감은 당황한 표정으로 말했다. "저도 제가 잘못했다는 것을 알아요. 그렇지만 저분이 권한 담배를 거절하기가 힘들었습니다." 마지막으로 재판장은 덧붙일 말이 없느냐고 내게 물었다. "아무것도 없습니다." 하고 나는 대답했다. "증인이 옳다는 것 외에는 말입니다. 제가 담배를 권한 것은 사실입니다." 그때 문지기는 약간의 놀라움과 일종의 감사와 더불어 나를 쳐다보았다. 그는 잠시 망설였고, 밀크커피를 권한 것은 자기라고 말했다. 내 변호인이 득의만만한 표정을 지었고, 큰 소리로 배심원들이 그 점을 고려하리라고 단언했다. 그러나 검사가 우리의 머리 위로 벼락같은 소리를 지르며 이렇게 말했다. "그렇습니다, 배심원님들이 그 점을 고려하실 겁니다. 그리고 배심원님들은 장례와 무관한 사람이야 커피를 권할 수도 있지만, 모름지기 아들로서는 자기를 낳아준 어머니의 시신 앞에서 그것을 사양해야 했으리라고 결론 내리실 겁니다." 문지기는 자기 자리로 되돌아갔다.

토마 페레의 차례가 되었을 때, 정리는 그를 증언대까지 부축해야 했다. 페레는 어머니를 특히 잘 알았고, 나를 장례식 날 단 한 번 보았다고 말했다. 재판장은 그날 내가 어떻게 했느냐고 물었고, 그는 이렇게 대답했다. "이해하시겠지만, 그날 저는 너무 슬펐습니다. 그래서 아무것도 보지 못했습니다. 슬픔 때문에 아무것도 보이지 않았어요. 제게는 너무나 큰 슬픔이었지요. 심지어 기절까지 했습니다. 그러니까 저는 저분을 볼 수가 없었습니다." 검사는 적어도 내가 우는 걸 보았느냐고 그에게 물었다. 페레는 아니라고 대답했다. 이번에는 검사가 이렇게 말했다. "배심원님들이 그 점을 고려하실 겁니다." 그러나 내 변호인이 화를 냈다. 그는 내가 보기에도 과장된 어조로 페레에게 "내가 울지 않는 것을 보았느냐"고 물었다. 페레가 대답했다. "아닙니다." 방청객들이 웃었다. 내 변호인은 한쪽 소매를 걷어붙이며 단호한 어조로 말했다. "바로 이것이 이 재판의 참모습입니다. 모든 것이 사실인 동시에 아무것도 사실이 아님니다." 검사는 뜻을 읽기 힘든 야릇한 표정을 지었고, 연필로 서류에 쓰인 제목을 콕콕 찔렀다.

5분간 휴정했을 때 변호인이 모든 게 더없이 잘돼 간다고 내게 말했고, 휴정 후에 곧바로 피고인 측이 요청한 셀레스트의 증언이 시작되었다. 피고인이란 바로 나였다. 셀레스트는 간간이 내가 있는 쪽으로 시선을 던졌고, 두 손으로 파나마모자를 돌렸다. 그는 가끔 일요일에 나와 함께 경마장에 갈 때 입었던 새 양복을 입고 있었다. 그러나 셔츠의 목 부분을 구리 단추 하나만으로 채우고 있는 것으로 보아 깃을 달 수 없었던 모양이었다. 내가 그의 손님이었느냐는 질문에, 그는 이렇게 대답했다. "그렇습니다, 하지만 친구이기도 했습니다." 나에 대해 어떻게 생각하느냐는 질문에, 그는 내가 사나이라고 대답했다. 사나이가 무엇을 뜻하느냐는 질문에, 그는 모든 사람이 그것이 무엇을 뜻하는지 알 거라고 대답했다. 내가 내성적이라는 것을 알았느냐는 질문에, 그는 내가 쓸데없는 말을 하지 않으려고 입을 다무는 사람일 뿐이라고 대답했다. 검사는 내가 식비를 어김없이 치렀느냐고 물었다. 셀레스트는 웃으며 말했다. "그건 우리 둘 사이의 사사로운 문제입니다." 다시 나의 범죄에 대해 어떻게 생각하느냐고 물었다. 그러자 셀레스트는 증언대에 두 손을 올려놓았는데, 무엇인가를 미리 준비한 게 틀림없었다. 그가 말했다. "제가 보기에 그것은 하나의 불행입니다. 불행, 그게 무엇인지는 모든 사람이 압니다. 불행 앞에서는 어쩔 도리가 없지요. 그래요! 제가 보기에 그것은 하나의 불행입니다." 그가 말을 계속

하려 했지만, 재판장은 그만하면 됐다며 고맙다고 말했다. 그러자 셀레스트는 조금 당황했다. 그렇지만 그는 좀 더 발언하고 싶다고 했다. 재판장은 간단히 해달라고 요청했다. 그는 다시 그것은 하나의 불행이었다고 말했다. 그러자 재판장이 그에게 말했다. "예, 알겠습니다. 그러나 우리는 그런 불행을 재판하기 위해 여기에 있습니다. 고맙습니다." 자신이 가진 지혜와 선의를 모두 발휘했으나 어쩔 수 없었다는 듯, 셀레스트는 나를 향해 고개를 돌렸다. 그의 눈이 반짝이고 입술이 떨리는 게 느껴졌다. 그는 자신이 무엇을 더 할수 있을지 내게 묻는 듯한 표정을 지었다. 나는 아무 말도 하지 않았고 아무 동작도 취하지 않았지만, 생애 처음으로 한 남자를 껴안고 싶었다. 재판장이 다시 한번 그에게 증언대에서 물러날 것을 명했다. 셀레스트는 방청석으로 가서 앉았다. 나머지 공판이 진행되는 동안, 그는 다소곳이 몸을 앞으로 기울여 팔꿈치를 무릎에 괴고 파나마모자를 두 손에 쥔 채 오가는 모든 말에 귀를 기울였다. 마리가 들어왔다. 그녀는 모자를 쓰고 있었고, 여전히 아름다웠다. 그러나 나는 머리를 풀어 헤친 그녀가 더 좋았다. 내 자리에서도 그녀의 볼록한 젖가슴의 무게가 느껴졌고, 아랫입술이 여전히 살짝 부풀어 있는 것이 보였다. 그녀는 몹시 긴장한 듯했다. 곧바로 그녀는 언제부터 나를 알고 지냈느냐는 질문을 받았다. 그녀는 우리 회사에서 일했던 시기를 말했다. 재판장은 그녀와 내가 어떤 관계인지 알고 싶어 했다. 그녀는 자신이 나의 여자 친구라고 했다. 또 다른 질문에 그녀는 나와 결혼하기로 한 것은 사실이라고 대답했다. 서류를 뒤적이던 검사가 별안간 언제부터 우리의 관계가 시작되었느냐고 물었다. 그녀가 날짜를 말했다. 검사는 냉정한 얼굴로 어머니의 장례식 다음 날이 바로 그날인 것 같다고 했다. 이어서 그는 빈정거리는 말투로 자기는 미묘한 상황을 더 파헤치고 싶지도 않고 또 마리가 양심의 가책을 느끼는 것도 잘 알고 있지만, (여기서 그의 어조는 더욱 가혹해졌다) 의무가 자신으로 하여금 예의를 벗어나게 한다고 말했다. 그는 마리에게 내가 그녀를 우연히 만난 그 하루의 일을 요약해달라고 요구했다. 마리는 말하고 싶어 하지 않았지만, 검사의 강요에 못 이겨 우리가 해수욕장에서 만난 것, 함께 영화를 보러 간 것, 함께 내 아파트로 돌아온 것을 이야기했다. 검사는 예심에서 마리의 진술을 보고 그날의 영화 프로그램을 조사했다고 말했다. 그는 마리의 입으로 그날 무슨 영화가 상영되었는지 말해달라고 덧붙였다. 그녀는 기어들어 가는 목소리로 페르낭델 이 나오는 영화였다고 했다. 그녀의 말이 끝나자, 장내는 찬물을 끼얹은 듯 조용해졌다. 그러자 검사가 일어서서 몹시 심각한 표정으로, 내가 보기에 정녕 감정이 고조된 목소리로, 손가락으로 나를 가리키며 천천히 또박또박 끊어 말했다. "배심원 여러분, 어머니의 장례식 이튿날, 이 사람은 해수욕을 했고, 부적절한 관계를 맺기 시작했으며, 코미디 영화를 보면서 킬킬거렸습니다. 저는 여러분에게 더 이상

페르낭델(Fernandel, 1903-1971)은 희극의 제왕으로 활약했던 프랑스 영화배우이다.

드릴 말씀이 없습니다." 여전히 침묵이 지배하는 가운데 그는 자리에 앉았다. 그때 갑자기 마리가 흐느끼기 시작했고, 그런 것이 아니다, 다른 것도 있다, 사람들이 억지로 자기의 생각과 반대로 이야기하게 했다, 자기는 나를 잘 알고 있다, 나는 나쁜 짓을 저지르지 않았다고 말했다. 그러나 재판장의 지시에 따라 정리가 그녀를 데려갔고, 증인 신문이 계속되었다.

뒤이어 마송이 내가 정직한 사람이고 "그뿐만 아니라 선량한 사람"이라고 단언했지만, 별로 귀담아듣는 이가 없었다. 또한 살라마노 영감이 내가 개한테 잘해주었으며, 엄마와 나에 대한 질문에도 내가 어머니와 나눌 이야기가 아무것도 없어서 양로원에 넣었다고 대답했지만, 귀를 기울이는 사람이 거의 없었다. "이해해야 합니다. 이해해야 합니다." 하고 살라마노 영감이 말했다. 그러나 아무도 이해하는 것 같지 않았다. 정리가 그를 데려갔다.

이번에는 레몽이 증언할 차례였는데, 그가 마지막 증인이었다. 레몽은 내게 가볍게 손짓했고, 다짜고짜 내가 무죄라고 말했다. 그러나 재판장은 법정이 그에게 요구하는 것은 판단이 아니라 사실이라고 지적했다. 그리고 질문을 들은 후에 대답하라고 명했다. 재판장은 희생자와의 관계가 구체적으로 어떻게 되느냐고 물었다. 그 기회를 이용하여 레몽은 자기가 희생자의 누이를 때린 뒤 희생자가 미워한 것은 바로 자기라고 말했다. 그러나 재판장은 희생자가 나를 미워할 이유는 없었느냐고 물었다. 레몽은 내가 바닷가에 있게 된 것이 우연의 결과였다고 말했다. 그러자 검사는 어떻게 사건의 발단이 된 편지가 내 손으로 쓰였느냐고 물었다. 레몽은 그것 또한 우연이라고 대답했다. 검사는 우연이 이 사건에서 이미 너무도 많은 양심의 손상을 불러일으켰다고 반박했다. 그는 레몽이 자기 정부의 따귀를 때렸을 때 내가 개입하지 않은 것도 우연이었는지, 내가 경찰서에서 증인으로 나선 것도 우연이었는지, 증언할 때 나의 진술이 오롯이 레몽을 두둔하는 내용이었던 것도 우연이었는지 알고 싶어 했다. 끝으로 그는 레몽에게 생계 수단이 무엇인지 물었고, 레몽이 "창고지기"라고 대답하자 배심원들에게 증인이 포주 노릇을 업으로 삼고 있다는 건 누구나 아는 사실이라고 말했다. 나는 그의 공범자요, 친구였다. 요컨대 이것은 더할 나위 없이 저질적인 치정 범죄, 더욱이 피고인이 도덕적 괴물이라는 사실 때문에 더욱 더 용서받을 수 없는 치정 범죄였다. 레몽이 변명하려 했고 변호인도 항의했지만, 재판장은 검사에게 발언을 마무리하라고 했다. 검사가 말했다. "덧붙일 말이 별로 없습니다. 그가 당신의 친구였습니까?" 하고 레몽에게 물었다. "예, 그는 내 친구였습니다." 하고 그가 대답했다. 그러자 검사가 내게 똑같은 질문을 했고, 나는 내게서 눈길을 돌리지 않고 있는 레몽을 바라보았다. 내가 대답했다. "그렇습니다." 그러자 검사가 배심원들을 향해 돌아서며 말했다. "어머니의 장례식 이튿날 더없이 수치스러운 정사에 탐닉했던 자가 하찮은 이유로, 뭐라 형용할 수 없는 치정 사건을 결말짓기 위해 사람을 죽인 것입니다."

그제야 그는 자리에 앉았다. 그러나 내 변호인이 더 이상 참지 못하고 두 팔을 높이 쳐들며, 소매가 내려오면서 풀 먹인 셔츠의 주름이 드러날 정도로 두 팔을 높이 쳐들며 소리를 질렀다. "도대체 피고인은 어머니를 매장했기 때문에 기소된 겁니까, 사람을 죽였기 때문에 기소된 겁니까?" 방청객들이 웃었다. 그러나 검사가 다시 일어났고, 법복을 고쳐 입으며 존경하는 변호인만큼 순진하지 않은 사람이라면 누구나 이 두 사실 사이에 존재하는 심오하고, 비장하고, 본질적인 관계를 느낄 수밖에 없으리라고 단언했다. "그렇습니다." 하고 그가 힘주어 외쳤다. "저는 이 사람이 범죄자의 가슴으로 어머니를 매장했기 때문에 유죄를 주장하는 바입니다." 이 논고는 방청객들에게 상당한 효과를 불러일으키는 듯이 보였다. 내 변호인은 어깨를 으쓱했고, 이마에 맺힌 땀을 닦았다. 하지만 그는 흔들리는 듯했고, 나는 사태가 좋지 않게 돌아간다는 것을 깨달았다.

증인신문이 끝났다. 호송차에 오르기 위해 재판소에서 나왔을 때, 매우 짧은 한순간 나는 여름날 저녁의 냄새와 색깔을 다시 느꼈다. 호송차의 어둠 속에서 나는 내가 사랑했던 도시의 온갖 친숙한 소리, 만족감을 느끼기도 했던 어떤 시간의 온갖 친숙한 소리를 내 피로의 밑바닥에서 들리는 소리인 양 하나씩 다시 떠올렸다. 이미 고즈넉하게 가라앉은 대기를 가르는 신문팔이들의 외침 소리, 작은 공원의 마지막 새소리, 샌드위치 장수들의 호객 소리, 시내 급커브 길을 도는 전차의 마찰음, 항구에 어둠이 내리기 전에 하늘에 깃드는 아련한 소리, 그 모든 소리가 감옥에 들어오기 전 내가 익히 알고 있었던 행로, 눈 감고도 걸을 수 있었던 행로를 내게 다시 그려주었다. 그렇다, 그것은 아주 오래전에 내가 만족감을 느끼던 시간이었다. 그때 나를 기다리고 있던 것은 언제나 가벼운 잠, 꿈도 없이 가벼운 잠이었다. 그렇지만 이튿날을 기다리면서 내가 재회한 것이 내 감방인 이상, 무엇인가가 달라졌다. 마치 여름 하늘 속에 그려진 친숙한 길이 죄 없는 수면에 이를 수도 있고, 감옥에 이를 수도 있는 것처럼.

4

피고인석에 앉아서일지라도, 남들이 자신에 대해 하는 말을 듣는다는 건 언제나 흥미로운 일이다. 검사의 논고와 변호인의 변론이 진행되는 동안, 사실상 내 범죄에 대한 이야기보다 나에 대한 이야기가 더 많이 이루어졌다. 그런데 검사의 논고와 변호인의 변론이 그토록 달랐던가? 변호인은 두 팔을 쳐들고 유죄를 인정하되, 변명을 덧붙였다. 검사는 손가락질하며 유죄를 규탄하되, 변명의 여지를 주지 않았다. 그렇지만 한 가지 사실이 어렴풋이 마음에 걸렸다. 대개 이야기를 듣는 데 열중했으나 가끔 나도 개입하고 싶었는데, 그때마다 내 변호인은 이렇게 말하곤 했다. "잠자코 있어요, 그게 더 낫습니다." 어떤 면에서 나를 제외한 채 재판이 이루어지고 있는 셈이었다. 모든 게 나의 참여 없이 진행되었다. 내 의견의 청취 없이 내 운명이 결정되고 있는 것이었다. 나는 때때로 모든 사람의 말을 끊고 이렇게 말하고 싶었다. "그렇지만 누가 피고인입니까? 피고인이 된다는 건 중요한 일입니다. 저도 할 말이 있습니다." 그러나 곰곰이 생각해보면, 나는 할 말이 아무것도 없었다. 게다가 다른 사람들의 관심을 끌어서 얻는 흥미는 오래가지 않는 법임을 인정해야 한다. 예컨대 검사의 논고는 금세 나를 지치게 했다. 내게 인상을 남기거나 관심을 일깨운 것은 단지 단편적인 이야기들, 몸짓들, 전체 맥락과는 상관없는 장광설들뿐이었다.

내가 옳게 이해했다면, 검사의 논고에서 핵심은 내가 범죄를 사전에 계획했다는 것이었다. 적어도 그는 그 점을 논증하려고 애썼다. 그는 이렇게 말했다. "여러분, 저는 그 점을 증명하겠습니다, 그것도 이중으로. 먼저 명백한 사실이 빚어내는 눈부신 빛 속에서, 다음으로 이 죄악에 물든 영혼의 심리가 빚어내는 어두운 빛 속에서 말입니다." 그는 엄마가 죽은 다음에 벌어진 일을 요약했다. 그는 내가 냉담했다는 사실, 어머니의 나이를 몰랐다는 사실, 장례식 이튿날 여자와 함께 해수욕했다는 사실, 영화 구경, 페르낭델, 끝으로 마리와 함께 집으로 돌아왔다는 사실을 상기시켰다. 그때 검사가 "그의 정부情婦"라는 표현을 쓴 탓에 나는 검사의 말을 이해하는 데 시간이 걸렸는데, 내게 마리는 마리일 뿐이기 때문이었다. 이어서 검사는 레몽의 이야기로 넘어갔다. 나는 사건을 보는 그의 방식이 상당히 명료하다고 생각했다. 그가 하는 말은 그럴듯했다. 나는 레몽과 공모해 편지를 써서 그의 정부를 꾀어냈고, 그녀를 "품행이

의심스러운" 사내의 악랄한 손아귀에 넘겨주었다. 바닷가에서는 내가 레몽의 적들을 자극했다. 레몽이 부상을 당했다. 내가 그에게 권총을 달라고 했다. 나는 권총을 사용할 목적으로 혼자 되돌아갔다. 나는 계획대로 아랍인을 죽였다. 그리고 "일을 깔끔하게 끝내기 위해" 다시 네 방을 침착하게, 확실하게, 이를테면 깊이 생각한 끝에 쏘았다.

"이상과 같습니다, 여러분." 하고 검사가 말했다. "저는 이 사람이 상황을 잘 아는 가운데 살인을 저지르게 된 경위를 여러분께 되짚어드렸습니다. 저는 특히 이 사실을 강조하고자 합니다. 왜냐하면 이것은 보통의 살인, 여러분이 정상참작의 여지가 있다고 생각할 수 있는 우발적인 행위가 아니기 때문입니다. 이 사람, 여러분, 이 사람은 지적 능력이 있습니다. 여러분도 이 사람이 하는 말을 듣지 않았습니까? 그는 대답할 줄도 압니다. 그는 낱말의 뜻도 잘 알고 있습니다. 그렇기에 자기가 무슨 짓을 하는지도 모르는 채 행동했다고 보기는 어렵습니다."

나는 귀를 기울였고, 나를 지적 능력이 있는 사람으로 판단하는 말을 들었다. 그러나 어떻게 한 평범한 인간의 장점이 죄인에게는 결정적으로 불리한 조건이 되는지 이해할 수 없었다. 어쨌든 그것은 내게 충격을 주었고, 그가 이렇게 말하는 소리가 들릴 때까지 그의 논고에 더 이상 귀를 기울이지 않았다. "하다못해 그가 후회의 빛이라도 띤 적이 있습니까? 전혀 없습니다, 여러분. 예심이 진행되는 동안 단 한 번도 이 사람은 자신의 가증스러운 범죄를 뉘우치

는 기색이 없었습니다." 그 순간 그는 나를 향해 돌아섰고, 나를 손
가락으로 가리키며 비난을 계속 퍼부었는데, 사실 나는 그가 왜 그
러는지 이해할 수 없었다. 물론 그가 옳다는 것을 인정할 수밖에 없
었다. 나는 내 행동을 그다지 후회하고 있지 않았다. 하지만 이토록
악착스러운 그의 태도에 놀랐다. 나는 진심으로, 사뭇 다감하게, 내
가 무엇인가를 진정으로 후회해본 적이 없다는 것을 그에게 설명
해주고 싶었다. 나는 늘 눈앞에 닥칠 일, 오늘 또는 내일에 사로잡
혀 있었다. 그러나 당연히 내가 처한 상황에서는 아무에게도 그런
투로 말할 수는 없었다. 지금의 나로서는 다정하게 보일 권리, 선의
를 가질 권리가 없었다. 나는 다시 귀를 기울이려고 애썼는데, 왜냐
하면 검사가 내 영혼을 들먹이기 시작했기 때문이었다.

검사는 내 영혼을 들여다보았으나 아무것도 찾을 수 없었다고
배심원들에게 말했다. 그의 말에 따르면 사실 내게 영혼 같은 것은
존재하지도 않으며, 인간적인 어떤 것도, 인간의 마음을 지키는 도
덕적 원리 중 어떤 것도 나와 거리가 멀었다. "아마도" 하며 그가 덧
붙였다. "우리는 그렇다고 해서 그를 비난할 수도 없습니다. 그가
갖출 능력이 없는 것, 그것이 그에게 없다고 그를 탓할 수는 없습
니다. 그렇지만 이 법정에서 관용이라는 정히 부정적인 미덕은 정
의라는 더 어려우나 더 고귀한 미덕으로 바뀌어야 합니다. 특히 이
사람에게서 보이는 텅 빈 가슴의 공허가 사회 전체를 삼킬 수 있
는 심연이 될 때는 더욱더 그렇습니다." 그가 엄마에 대한 나의 태
도를 거론한 것은 바로 그때였다. 그는 심리 중에 말했던 내용을 되

풀이했다. 그러나 그것은 내 범죄 이야기보다 훨씬 더 길었는데, 너무 길어서 마침내 나는 그날 오전의 더위만을 느끼게 되었다. 그런 상태에서 벗어난 것은 검사가 말을 끊고 잠시 침묵을 지킨 뒤, 매우 낮고 확신에 찬 목소리로 이렇게 말했을 때였다. "여러분, 이 법정은 내일 가장 가증스러운 범죄, 아버지를 살해한 범죄를 심판할 것입니다." 그에 따르면, 이 잔혹한 위해행위 앞에서는 일체의 상상력이 뒷걸음칠 것이었다. 그는 인간의 정의가 가차 없이 응징하기를 기대했다. 그렇지만 그가 두려움 없이 말할 수 있는 것은 이 부친 살해가 불러일으키는 공포가 나의 냉담함 앞에서 그가 느끼는 공포보다 결코 더 크지 않다는 사실이었다. 또한 그에 따르면, 어머니를 도덕적으로 죽인 자는 아버지를 자기 손으로 살해한 자와 마찬가지로 인간 사회를 저버리는 사람이었다. 어쨌든 전자는 후자의 행위를 준비하는 것이었고, 어떤 면에서 그것을 예고하고 정당화하는 것이었다. "여러분, 저는 확신합니다." 하고 그가 목소리를 높이며 덧붙였다. "피고인석에 앉아 있는 저 사람이 본 법정에서 내일 다룰 살인에 대해서도 유죄라고 제가 말할지라도, 여러분은 제 생각이 지나치게 대담하다고 여기시지는 않을 겁니다. 요컨대 저 사람은 마땅히 벌을 받아야 합니다." 여기서 검사는 땀으로 번들거리는 얼굴을 닦았다. 끝으로 그는 자신의 의무가 고통스럽지만, 단호히 그것을 수행할 것이라고 말했다. 그는 내가 사회의 가장 근본적인 규율조차 인정하지 않으므로 사회와는 아무런 관계가 없고, 더욱이 내가 인간 심성의 가장 기본적인 반응조차 무시하므로 인간

심성에도 호소할 수 없다고 단언했다. "저는 여러분에게 이 사람의
사형을 요구합니다." 하고 그가 말했다. "사형을 요구하면서도 저의
마음은 가볍습니다. 왜냐하면 제가 오래 재직하는 동안 이미 여러
번 사형을 요구했지만, 결코 오늘만큼 이 고통스러운 의무가 절대
적이고 성스러운 지상명령이라는 의식에 의해, 그리고 괴물의 형상
외에 아무것도 보이지 않는 한 인간의 얼굴 앞에서 느끼는 공포에
의해 적절하게 보상받고, 조화롭게 상쇄되고, 환하게 빛난다고 느
낀 적이 없었기 때문입니다."

검사가 자리에 앉았을 때, 상당히 긴 침묵이 흘렀다. 나는 더위
와 놀라움 때문에 정신이 멍해졌다. 재판장은 잠시 기침을 했고, 내
게 덧붙일 말이 아무것도 없느냐고 물었다. 나는 자리에서 일어났
고, 이야기를 하고 싶었기에 그저 생각나는 대로 내가 아랍인을 죽
일 의도는 없었다고 말했다. 재판장은 그것 또한 하나의 주장인데,
자기는 지금까지 내 변호 체계를 잘 이해하지 못하고 있으므로 변
호인의 변론을 듣기 전에 내가 스스로 내 행동의 동기를 명확하게
밝혀주면 좋겠다고 했다. 나는 빠른 어조로, 조금 두서없이, 웃음거
리가 될 줄 알면서도 그것은 태양 때문이었다고 말했다. 장내에서
웃음이 터졌다. 내 변호인이 어깨를 으쓱했고, 연이어 발언권을 넘
겨받았다. 그러나 그는 시간이 늦었고, 변론이 상당한 시간을 요하
기 때문에 변론을 오후로 미룰 것을 요청한다고 말했다. 재판부는
이에 동의했다.

오후에도 커다란 선풍기 몇 대가 여전히 실내의 무거운 공기

를 휘저었고, 배심원들이 든 색색의 작은 부채들이 모두 똑같은 방향으로 오갔다. 내 변호인의 변론은 결코 끝나지 않을 것처럼 보였다. 그렇지만 갑자기 그가 이렇게 말했기에, 나는 그의 말에 귀를 기울였다. "제가 죽인 것은 사실입니다." 뒤이어 그는 그런 투로 말을 계속하면서, 나에 대해서 이야기할 때마다 "나"라는 표현을 썼다. 나는 몹시 놀랐다. 나는 헌병을 향해 몸을 숙였고, 이유를 물었다. 그는 내게 조용히 하라고 말했고, 잠시 후에 이렇게 덧붙였다. "변호사들은 모두 저렇게 해요." 나는 그것 또한 나를 사건에서 분리하는 것, 나를 무無로 만드는 것, 어떤 의미에서 내 존재를 대체하는 것이라고 생각했다. 하지만 그때 이미 나는 재판정으로부터 아득히 멀어졌던 것으로 여겨진다. 게다가 내 변호인은 우스꽝스러워 보였다. 그는 아주 빨리 나의 가해행위를 변호했고, 뒤이어 그역시 내 영혼을 들먹였다. 그러나 내가 보기에 그는 검사에 비해 재능이 월등히 모자라는 듯했다. 그가 이렇게 말했다. "저 또한 이 사람의 영혼을 들여다보았습니다만, 검찰청 대리인 각하와 달리 저는 거기서 무엇인가를 찾아냈고, 거기서 어렵지 않게 무엇인가를 분명히 읽었다고 말씀드릴 수 있습니다." 그는 내가 정직한 사람이요, 성실하고, 근면하고, 회사에 충실하고, 모든 사람으로부터 사랑받고, 타인의 불행을 동정할 줄 아는 일꾼이라는 사실을 읽었다고 했다. 그가 보기에, 나는 힘이 닿는 한 오래도록 어머니를 모신 모범적인 아들이었다. 그러다가 마침내 내 능력으로는 늙은 어머니에게 안겨줄 수 없는 안락한 생활을 양로원이 제공하리라고 기대했다는 것이었다. 그가 이렇게 덧붙였다. "여러분, 저는 그 양로원을 두고 그토록 왈가왈부했다는 사실이 놀랍습니다. 왜냐하면 그런 시설의 유용성과 중요성을 굳이 입증해야 한다면, 그런 시설을 지원하는 것이 바로 국가라는 사실을 언급하지 않을 수 없기 때문입니다." 다만 그는 장례식에 대해서는 아무 말이 없었는데, 내가 느끼기에는 바로 그것이 그의 변론의 결함이었다. 그러나 그 모든 장광설, 내영혼 이야기가 오간 그 모든 날, 그 끝없는 시간 때문에, 나는 모든 것이 무색의 물, 내가 그 속에서 현기증을 느꼈던 무색의 물처럼 되어버리는 인상을 받았다.

결국 내 기억에 남은 것이라고는 내 변호인이 이야기를 계속하는 동안 아이스크림 장수의 나팔 소리가 거리에서 여러 방과 여러 법정을 거쳐 내 귀에까지 울려 퍼졌다는 사실뿐이다. 나는 더 이상 내 것이 아닌 삶, 하지만 더없이 소박하고 끈질긴 기쁨을 발견했던 삶에 대한 추억에 사로잡혔다. 이를테면 여름 냄새, 내가 좋아했던 동네, 저녁 하늘, 마리의 웃음과 원피스가 내게 준 기쁨에 대한 추억 말이다. 바로 그때 내가 그 법정에서 하고 있는 모든 쓸데없는 행동에 대한 역정이 목구멍까지 치밀어 올랐고, 어서 빨리 끝이 나서 내 감방으로 되돌아가 잘 수 있기를 바랄 뿐이었다. 끝으로 내 변호인이 일시적 탈선으로 길을 잃은 성실한 일꾼을 배심원들이 사형으로 내몰지는 않으리라고 외치고, 내가 내 범죄에 대한 가장 확실한 벌로 이미 영원한 뉘우침의 짐을 끌고 가고 있으니 정상을 참작해달라고 당부하는 소리조차 거의 내 귀에 들리지 않았다.

이방인

재판부는 휴정을 선언했고, 변호인은 기진맥진한 표정으로 자리에 앉았다. 그러나 그의 동료들이 그에게로 와서 악수를 청했다. 이런 말이 들렸다. "이보게, 정말 훌륭했어." 그들 중 하나는 심지어 나를 증인으로 삼았다. "그렇지요?" 하고 그가 내게 말했다. 나는 동의를 표했으나 찬사가 진심 어린 것은 아니었는데, 너무 피곤했기 때문이었다.

밖에서는 해가 기울고, 더위가 한풀 꺾였다. 거리로부터 들려오는 몇몇 소리에서 저물녘의 온화함이 느껴졌다. 우리는 모두 기다리고 있었다. 그런데 우리가 함께 기다리고 있는 것, 그것은 오직 나에게 관계되는 일이었다. 나는 다시 한번 방청석을 바라보았다. 모든 것이 첫날과 똑같았다. 나는 회색 양복을 입은 신문기자의 시선과 자동 인형 여자의 시선과 마주쳤다. 그제야 나는 재판이 진행되는 동안 한 번도 마리를 바라보지 않았다는 생각이 들었다. 그녀를 잊지 않았지만, 할 일이 너무 많았던 것이다. 셀레스트와 레몽 사이에 앉아 있는 그녀가 보였다. 그녀는 "드디어 끝났군요."라고 말하듯 내게 조그맣게 손짓을 했고, 나는 미소 속에서도 근심이 약간 드리운 그녀의 얼굴을 보았다. 그러나 나는 가슴이 답답했고, 그녀의 미소에 답조차 할 수 없었다.

공판이 재개되었다. 아주 빠른 어조로 배심원들에게 일련의 쟁점 사항이 낭독되었다. "살인범"…… "사전공모"…… "정상참작"이라는 말이 들렸다. 배심원들이 밖으로 나갔고, 나는 앞서 대기한 적이 있는 작은 방으로 인도되었다. 내 변호인이 나를 만나러 왔다.

그는 수다스러웠고, 그 어느 때보다도 더 다정하고 자신 있게 말했다. 모든 것이 잘되리라고, 몇 년의 징역 또는 유형을 살면 그만이리라고 생각한다는 것이었다. 나는 불리한 판결이 나면 그것을 파기할 기회가 있느냐고 물었다. 그는 아니라고 말했다. 그의 전략은 배심원단의 반감을 불러일으키지 않기 위해 결론을 내리지 않는 것이었다. 그는 누구도 그처럼 아무런 이유 없이 판결을 파기하지는 못한다고 설명했다. 그것은 내가 보기에도 당연했기에, 나는 그의 설명을 수긍했다. 냉정하게 생각해보면, 너무나 자연스러운 일이었다. 판결이 아무렇게나 파기될 경우, 그 많은 서류가 전혀 쓸모없는 것이 될 테니까 말이다. "어쨌든" 하고 내 변호인이 말했다. "항소라는 절차가 있어요. 하지만 저는 유리한 판결이 나오리라고 확신합니다."

우리는 아주 오랫동안, 내 생각엔 45분 가까이 기다렸다. 이윽고 종이 울렸다. 내 변호인이 이렇게 말하며 내 곁을 떠났다. "배심원장이 평결을 읽을 겁니다. 당신은 판결이 선고될 때라야 들어오게 됩니다." 문들이 여닫히는 소리가 났다. 사람들이 계단을 오르내리며 뛰어다녔지만, 그들이 가까이 있는지 멀리 있는지는 잘 가늠되지 않았다. 뒤이어 법정에서 무엇인가를 나지막이 읽는 목소리가 들렸다. 다시 종이 울리고 피고인석의 문이 열렸을 때, 나를 향해 밀려온 것은 장내의 침묵, 그 침묵 그리고 젊은 신문기자가 눈길을 돌리는 것을 보았을 때 내게 일었던 야릇한 느낌이었다. 나는 마리가 있는 곳을 쳐다보지 못했다. 나는 그렇게 할 시간이 없었는데,

재판장이 이상한 말투로 프랑스 국민의 이름으로 공공광장에서 내
목이 잘릴 것이라고 말했기 때문이었다. 그때 나는 모든 사람의 얼
굴에서 읽히는 감정이 무엇인지 알 것도 같았다. 그것은 경의의 감
정이었다고 여겨진다. 헌병들은 아주 부드럽게 나를 대했다. 변호
인은 내 손목 위에 자기 손을 올려놓았다. 나는 더 이상 아무것도
생각할 수 없었다. 그렇지만 재판장이 덧붙일 말이 없느냐고 내게
물었다. 나는 곰곰이 생각했다. 나는 이렇게 말했다. "없습니다." 그
러자 사람들이 나를 밖으로 데리고 나갔다.

5

세 번째로 나는 부속 사제의 면회를 거절했다. 나는 그에게 할 말이
아무것도 없고 또 이야기를 나누고 싶지도 않지만, 어쨌거나 조만
간 그를 봐야 하리라. 지금 내 관심을 끄는 것은 사법적 기계 장치
를 피하는 일, 불가피한 결말에도 탈출구가 있는지를 알아보는 일
이다. 내 감방이 바뀌었다. 여기서 몸을 눕히면, 하늘, 오직 하늘밖
에 보이지 않는다. 하늘의 얼굴 위에서 낮에서 밤으로 가는 색깔의
변조를 보고 있노라면, 어느덧 하루가 지나간다. 두 손으로 머리를
괴고 누운 채 나는 기다린다. 사형수가 무자비한 메커니즘을 모면
했다든가, 처형되기 전에 사라졌다든가, 경찰의 경계선을 뚫었다든
가 하는 사례가 없었을까 하고 몇 번이나 자문했는지 모른다. 그럴
때마다 나는 사형집행 이야기에 충분한 주의를 기울이지 않았다

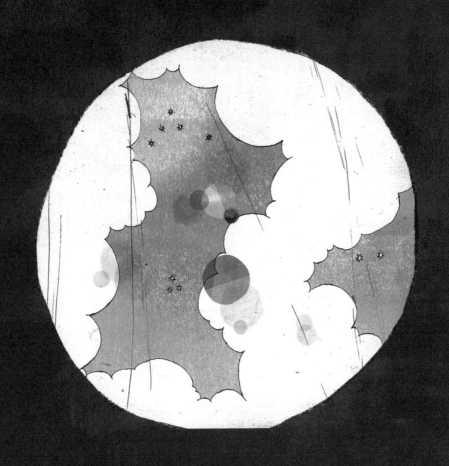

는 것을 자책하곤 했다. 누구나 이런 문제에는 늘 관심을 가져야 하리라. 무슨 일이 일어날지 아무도 모르니까 말이다. 여느 사람들과 마찬가지로, 나도 신문에 난 기사들을 읽었었다. 그러나 분명히 전문 서적들이 있었을 텐데, 한 번도 그것들을 살펴볼 호기심이 없었다. 그 서적들에서 탈출 이야기를 찾아볼 수 있었을지도 모른다. 적어도 한 번쯤은 도르래가 멈추었거나 그 저항할 수 없는 사전 계획 속에서도 우연과 요행이 적어도 한 번쯤은 무언가를 바꿔놓았다는 사실을 알게 되었을지도 모른다. 단 한 번! 그것으로 충분했으리라. 나머지는 내 마음이 알아서 처리했을 것이다. 신문들은 곧잘 사회에 진 채무를 이야기하곤 했다. 그들에 따르면, 그것을 갚아야만 했다. 그러나 그런 말은 상상력을 불러일으키지 못한다. 중요한 것은 탈출 가능성, 무자비한 의식 밖으로의 도약, 온갖 희망의 기회를 제공하는 미친 듯한 질주였다. 물론 희망이라고 해도 길모퉁이에서, 달리는 도중에, 날아오는 총탄에 맞아 쓰러지는 것을 가리킬 뿐이었다. 그러나 전후 사정을 잘 짚어보면 아무것도 내게 그러한 호사를 허용하지 않았고, 모든 것이 내게 그러한 호사를 금지했으며, 기계 장치가 다시 나를 사로잡았다.

내가 가진 선의에도 불구하고, 나는 이런 오만불손한 확실성을 좀체 받아들일 수 없었다. 이 확실성의 근거를 이루는 판결과 그 판결이 난 순간부터 흔들림 없이 전개되는 판결의 실행 사이에는 어처구니없는 불균형이 존재했기 때문이다. 판결이 17시가 아니라 20시에 선고되었다는 사실, 그것이 완전히 달라질 수도 있었으리라는 사실, 그것이 속옷을 갈아입는 인간들에 의해 내려졌다는 사실, 그것이 프랑스 국민(또는 독일 국민 또는 중국 국민)이라는 지극히 모호한 개념에 따라 내려졌다는 사실, 그 모든 사실이 그 결정의 엄중성을 상당히 경감하는 것처럼 보였다. 그렇지만 판결이 난 순간부터 그 결과는 내가 내 몸뚱이를 부딪치는 이 벽의 존재만큼이나 확실하고 엄중해진다는 사실을 나는 인정하지 않을 수 없었다.

그럴 때면, 엄마가 아버지에 대해 들려준 이야기가 떠올랐다. 나는 아버지를 본 적이 없었다. 내가 아버지에 대해 확실하게 알고 있는 것은 그때 엄마가 해준 이야기가 전부였다. 아버지는 살인범의 사형 집행을 보러 갔었다. 그는 그것을 구경할 생각만 해도 병이 날 지경이었다. 그렇지만 그는 그것을 구경했고, 돌아와서 아침에 먹은 음식을 토했다. 그 이야기를 들었을 때, 나는 아버지가 좀 싫어졌었다. 그러나 이제 나는 이해할 수 있었다, 그것은 지극히 당연한 일이었다. 사형보다 중요한 일은 아무것도 없다는 사실을, 그것이야말로 인간에게 진실로 흥미진진한 유일한 일이라는 사실을 어째서 몰랐단 말인가! 언젠가 이 감옥에서 나간다면, 나는 모든 사형 집행을 빠짐없이 보러 가리라. 하지만 그런 가능성을 상정하는 것은 아무래도 잘못이었다. 왜냐하면 내가 어느 이른 아침에 경찰의 경계선을 뚫고 자유인이 되어 길 건너편에 나타난다는 생각, 내가 사형 집행을 보러 간 구경꾼으로 집에 돌아와 음식을 토할 수 있다는 생각만으로도, 말도 안 되는 기쁨의 물결이 내 가슴속으로 북받쳐 올라왔기 때문이었다. 그것은 이치에 맞지 않는 생각이었다. 내가 이런 상상의 나래를 펴는 것은 잘못이었는데, 잠시 후 나는 너무 추워서 이불 속에서 몸을 웅크리지 않을 수 없었기 때문이었다. 나는 주체할 수 없을 정도로 이를 딱딱 부딪치고 있었다.

어쨌든 사람이란 늘 합리적일 수는 없다. 예컨대 틈틈이 나는 법안을 만들었다. 나는 형법 제도를 개혁하고 있었다. 내가 생각했던 법안의 요점은 사형수에게 기회를 주는 데 있었다. 천 번에 한 번, 그것만으로도 수많은 문제를 해결하기에 충분했다. 그리하여 하나의 화학적 결합물, 수형受刑 환자*가(나는 '수형 환자'라는 낱말을 떠올렸다) 그것을 삼키면 열 번에 아홉 번만 죽게 되는 화학적 결합물을 만드는 게 가능할 듯했다. 수형 환자가 그 사실을 미리 알고 있어야 한다는 것이 조건이었다. 왜냐하면 곰곰이 생각해볼 때, 냉정하게 사태를 돌아볼 때, 단두대의 결함은 아무런 기회도, 절대적으로 아무런 기회도 존재하지 않는다는 데 있다는 사실을 알았기 때문이다. 요컨대 무슨 일이 있어도 수형 환자의 죽음은 이미 결정되어 있다. 그것은 이미 분류된 사건이요, 확정된 화합물이요, 번복할 수 없는 합의 사항이었다. 혹시라도 일이 잘못될 경우, 다시 하면 그만이었다. 그러므로 난감한 것은 사형수로서는 기계가 제대

• 프랑스어에서 'patient'이라는 낱말은 '환자'라는 뜻과 '수형자'라는 뜻을 동시에 지닌다. 카뮈가 이 낱말을 선택한 것도 그 두 가지 뜻을 두루 활용하고 싶었기 때문이 아닐까. 번역에서도 두 가지 뜻을 모두 살리기 위해 'patient'이라는 낱말을 '수형 환자'로 옮겼음을 밝혀둔다.

로 작동하기만을 바랄 수밖에 없다는 점이었다. 내 생각에 바로 이것이 결함이었다. 어떤 의미에서, 그것은 사실이다. 그러나 또 다른 의미에서, 그 기계가 폭넓게 사용되는 결정적 이유가 바로 거기에 있음을 나는 인정하지 않을 수 없었다. 결국 사형수로서는 정신적으로 협력하지 않으면 안 되었다. 모든 일이 차질 없이 진행되는 것이 그에게는 이득이었다.

또한 나는 지금까지 이 문제에 대해서 정확하지 않은 생각들을 가졌었다는 사실을 인정해야만 했다. 이유는 모르겠지만, 나는 오랫동안 단두대에 이르기 위해서는 계단을 밟고 처형대로 올라가야 한다고 생각하고 있었다. 그것은 1789년 대혁명 때문이라고, 사람들이 이 문제와 관련하여 내게 가르쳐주고 보여준 모든 것 때문이라고 여겨진다. 그러나 어느 날 아침, 세상을 떠들썩하게 했던 사형 집행 때 신문에 실렸던 사진 한 장이 생각났다. 기실 기계는 지극히 간단하게 땅바닥에 놓여 있었다. 그것은 생각했던 것보다 훨씬 더 좁았다. 좀더 일찍 그 점을 떠올리지 못했다는 것이 놀라웠다. 사진 속 그 기계는 완전무결하고 반짝반짝 빛나는 정교한 제품으로 내게 매우 깊은 인상을 남겼었다. 사람이란 자신이 알지 못하는 것에 대해서는 늘 과장된 생각을 품기 마련이다. 실은 그 반대로 나는 모든 것이 단순하다는 사실을 인정하지 않으면 안 되었다. 기계는 그것을 향해 걸어가는 사람이 밟는 땅과 같은 높이에 놓여 있다. 그는 마치 사람을 만나듯, 그 기계를 만난다. 그것 또한 난처한 일이었다. 처형대로의 상승, 하늘로의 승천, 상상력은 거기에 의지

할 수 있었다. 그러나 이번에도 역시 기계 장치가 모든 것을 짓뭉갰다. 약간의 부끄러움과 함께, 하지만 매우 정확하게, 슬그머니 목이 달아나는 것이었다.

이 밖에도 뇌리에서 줄곧 떠나지 않는 두 가지가 있었다. 그것은 새벽과 항소였다. 그렇지만 나는 스스로를 이성적으로 통제했고, 더 이상 그것을 생각하지 않으려고 애썼다. 나는 자리에 누웠고, 하늘을 바라보았으며, 거기에만 관심을 쏟으려 했다. 하늘은 초록빛으로 물들었다, 저녁이었다. 나는 다시 생각의 흐름을 돌리려고 노력했다. 나는 내 심장이 뛰는 소리에 귀를 기울였다. 그토록 오래전부터 나와 함께한 그 소리가 언젠가 멈추게 되리라고는 도저히 상상할 수 없었다. 나는 진정으로 상상해본 적이 없었던 것 같다. 그러나 나는 이 심장 박동이 더 이상 이어지지 않을 순간을 머릿속에서 그려보려고 했다. 하지만 헛수고였다. 새벽 또는 항소라는 게 있기 때문이었다. 나는 결국 마음을 억지로 다스리려 하지 않는 것이 가장 합리적인 처사라고 생각하게 되었다.

나는 그들이 새벽에 온다는 것을 알고 있었다. 요컨대 나는 그 새벽을 기다리며 밤을 지새웠다. 나는 갑자기 놀라운 일을 당하는 것을 싫어했다. 내게 무슨 일이 생길 때, 나는 마음의 준비를 할 시간이 있기를 바란다. 그래서 나는 낮에 잠시 잠을 자두었고, 밤에는 천창에 빛이 비칠 때까지 계속 끈기 있게 기다렸다. 가장 힘들었던 시간은 보통 그들이 그 일을 실행하는 때라고 내가 알고 있었던 모호한 시간이었다. 자정이 지나면, 나는 기다렸고, 동정을 살폈다. 내 귀가 그토록 많은 소리를 감지하고, 그토록 작은 소리를 분간한 적은 결코 없었다. 그럼에도 발걸음 소리가 단 한 번도 들리지 않았기 때문에, 어떻게 보면 나는 그 무렵 운이 좋았다고 할 수 있다. 엄마는 종종 누구라도 완전히 불행해지는 법은 없다고 말하곤 했었다. 하늘이 유색으로 물들고 새로운 하루의 햇살이 내 감방으로 미끄러져 들어왔을 때, 나는 엄마의 말이 옳다고 생각했다. 왜냐하면 어쩌면 발걸음 소리를 들을 수도 있었고, 그리하여 내 심장이 터질 수도 있었기 때문이다. 비록 아주 작은 소리만 들려도 문가로 달려가곤 했지만, 비록 문짝에 귀를 댄 채 정신없이 기다리다 보면 나 자신의 거친 숨소리가 들리고 그것이 개의 헐떡거림을 닮아 있어 화들짝 놀라곤 했지만, 결국 내 심장은 터지지 않았고, 나는 다시 24시간을 벌었다.

낮에는 줄곧 항소 생각을 했다. 나는 이 항소 생각을 최대한 잘 활용했다고 믿는다. 나는 항소의 결과를 따졌고, 내 성찰로부터 최선의 결론을 얻었다. 나는 늘 최악의 상황을 가정하곤 했다. 항소의 기각이 바로 그것이었다. "그래, 그렇게 죽는 거지, 뭐." 분명한 것은 다른 사람들보다 더 일찍 죽는다는 사실이었다. 그러나 누구나 인생이 살 만한 가치가 없다는 것을 잘 알고 있다. 내 생각으로는 서른 살에 죽든지 일흔 살에 죽든지 아무래도 좋았는데, 두 경우 모두 당연히 다른 남자들과 여자들이 살아나갈 것이고, 앞으로도 수천 년 동안 그럴 것이기 때문이었다. 기실 그것보다 더 명백한 것은 아무것도 없었다. 지금이든 20년 후든 죽을 사람은 언제나 나였다.

바로 그때, 나의 추론에서 나를 좀 거북하게 한 것은 앞으로 다가올 20년의 삶을 생각할 때 내 속에서 솟구쳐 오르는 무서운 내면의 약동이었다. 그러나 그런 약동은 20년 후에 다시 맞이할 죽음의 시점에서 내가 어떻게 생각할까를 상상함으로써 억누를 수밖에 없었다. 어차피 누구나 죽는 이상, 어떻게 그리고 언제 죽는가는 중요하지 않았다, 그것은 분명했다. 그러므로(어려운 점은 이 "그러므로"라는 말이 추론에서 나타내는 모든 의미를 놓치지 않는 것이었다) 나는 항소의 기각 가능성을 받아들이지 않으면 안 되었다.

이때, 오직 이때에서야 나는 두 번째 가정을 생각해볼 권리 또는 권한을 내게 부여할 수 있었다. 두 번째 가정이란 사면이었다. 난처한 것은 턱없는 기쁨으로 내 눈을 찌르는 피와 육신의 충동을 가라앉혀야만 했다는 사실이었다. 나는 그 아우성을 누그러뜨리고 이성으로 통제하는 데 몰두하지 않으면 안 되었다. 첫 번째 가정에서의 체념을 더욱 그럴듯한 것으로 만들기 위해서는 두 번째 가정에서도 자연스러움을 유지할 필요가 있었다. 내가 그 일에 성공했을 때, 나는 한 시간의 평정을 되찾았다. 아무튼 사면 또한 생각해보기는 해야 할 일이었다.

내가 부속 사제의 면회를 다시 한번 거절한 것은 바로 이즈음이었다. 나는 누워 있었고, 하늘이 황금빛으로 물드는 것을 보며 여름날 저녁이 다가오는 것을 알아차렸다. 나는 이제 막 항소를 포기한 터였고, 그제야 피의 물결이 몸속에서 규칙적으로 순환함을 느낄 수 있었다. 나는 부속 사제를 만날 필요가 없었다. 참으로 오랜

만에 나는 마리를 생각했다. 그녀가 내게 편지를 쓰지 않은 지 무척 오래되었다. 그날 저녁 나는 곰곰이 헤아렸고, 아마 그녀가 사형수의 애인 노릇에 지쳤나 보다 하고 생각했다. 어쩌면 병들거나 죽었을지도 모른다는 생각도 들었다. 당연한 일이었다. 이제 서로 떨어져 있는 우리의 두 육체 밖에서 아무것도 우리를 이어주지 않았고 아무것도 서로를 생각나게 하지 않았으니, 도대체 내가 그 사정을 어떻게 알겠는가. 또한 상황이 이러하니 이제부터 마리의 추억은 나와 상관없는 일일 수밖에 없었다. 만일 죽었다면, 마리는 더 이상 나의 관심을 끌 수 없으리라. 나는 그것이 자연스러운 일이라고 생각했는데, 내가 죽은 후에 사람들이 나를 잊을 것임을 잘 알고 있었기 때문이다. 그들은 더 이상 나와 아무런 관계가 없었다. 나로서는 그것이 생각하기에 괴로운 일이라고 말할 수조차 없었다.

부속 사제가 들어온 것은 바로 그때였다. 그를 보았을 때, 나는 한순간 몸을 움찔했다. 그가 그것을 알아차렸고, 내게 겁내지 말라고 했다. 나는 사제가 보통 다른 시간에 방문하지 않느냐고 말했다.[*] 그는 이번 방문이 나의 항소, 자기로서는 아무것도 아는 바가 없는 나의 항소와 전혀 무관한 위로 방문이라고 대답했다. 그는 내 침대 위에 앉았고, 자기 곁으로 오라고 내게 권했다. 나는 거절했

---

[*] 여기서 다른 시간이란 통상적으로 사형 집행이 이루어지는 새벽을 가리키는 것으로 보인다.

다. 어쨌든 그의 태도는 매우 부드러워 보였다.

그는 두 팔을 무릎에 올려놓고 고개를 숙인 채 잠시 자기 손을 바라보며 앉아 있었다. 그 두 손은 가냘프면서도 힘줄이 드러나 있었던 까닭에, 두 마리의 날렵한 짐승을 연상케 했다. 그는 천천히 두 손을 비볐다. 그런 다음, 여전히 고개를 숙인 채 너무나 오랫동안 앉아 있어서 나는 한순간 그의 존재를 잊어버릴 뻔했다.

그러나 갑자기 그가 고개를 쳐들었고, 나를 똑바로 바라보았다. "왜 당신은 내 면회를 거절하는 거죠?" 하고 그가 내게 말했다. 나는 신을 믿지 않는다고 대답했다. 그는 내가 그것을 진정으로 확신하는지 알고 싶어 했고, 나는 그 점을 자문해볼 필요가 없다고 말했다. 왜냐하면 그것이 내게 중요하지 않은 문제로 여겨졌기 때문이었다. 그러자 그는 몸을 뒤로 젖혔고, 벽에 등을 기댄 채 두 손을 펴 허벅지 위에 올려놓았다. 그러고는 내게 말하는 것 같지도 않게 그는 가끔 사람들이 스스로 확신한다고 생각하지만, 실제로는 그렇지 못하다는 점을 지적했다. 나는 아무 말도 하지 않았다. 그는 나를 바라보았고, 이렇게 물었다. "이 점에 대해 어떻게 생각해요?" 나는 그럴 수도 있을 것이라고 대답했다. 아무튼 나는 실제로 내 관심을 끄는 게 무엇인지는 확신하지 못해도, 내 관심을 끌지 않는 게 무엇인지는 완전히 확신할 수 있었다. 그런데 지금 그가 내게 말하는 게 바로 내 관심을 끌지 않는 것이었다.

그는 시선을 돌렸고, 여전히 자세를 고치지 않은 채, 지나치게 절망한 나머지 그렇게 말하는 것이 아니냐고 내게 물었다. 나는 절망하지 않았다고 그에게 설명했다. 나는 단지 두려웠을 뿐이고, 그것은 당연한 일이었다. "그렇다면 하느님께서 당신을 도우실 겁니다." 하고 그가 말했다. "지금 당신의 상황과 같은 상황에서 내가 알았던 모든 사람이 하느님의 품으로 다시 돌아갔습니다." 그것은 그들의 권리라고 내가 말했다. 또한 그것은 그들에게 그럴 만한 시간이 있었음을 뜻했다. 나는 누군가에게 도움받기를 바라지 않았고, 특히 내 관심을 끌지 않는 것에 관심을 가질 만한 시간이 없었다.

그때 그가 손으로 역정이 난다는 듯한 시늉을 했지만, 곧바로 몸을 세우고 사제복의 주름을 바로잡았다. 옷 주름을 바로잡은 후, 그는 "내 친구"라고 부르며 말을 걸었다. 그가 내게 그렇게 말하는 것은 내가 사형수이기 때문이 아니라고 했다. 그의 의견에 따르면, 우리는 모두 사형수였다. 그러나 나는 그의 말을 가로막으며 그것은 엄연히 경우가 다르고, 더욱이 그것은 어떤 경우에도 위로가 될 수 없다고 말했다. "물론 그렇습니다." 하고 그가 동의했다. "하지만 당신이 오늘 죽지 않아도, 훗날 언젠가 죽을 겁니다. 그때도 똑같은 문제가 제기되겠지요. 당신은 어떻게 그 무서운 시련을 맞이할 겁니까?" 나는 지금과 마찬가지로 그 시련을 맞이할 것이라고 답했다.

그 말을 듣자 그는 자리에서 일어났고, 내 눈을 똑바로 바라보았다. 그것은 내가 잘 알고 있는 놀이였다. 나는 종종 에마뉘엘이나 셀레스트와 함께 그 놀이를 했는데, 대개 그들이 먼저 눈을 돌렸다. 나는 사제 또한 이 놀이를 잘 알고 있다는 걸 금세 알아차렸다. 그의 시선이 전혀 떨리지 않았던 것이다. 게다가 이렇게 말하는 그의 목소리 또한 전혀 떨리지 않았다. "그렇다면 당신은 아무런 희망 없이, 죽음과 함께 모든 것이 끝난다는 생각으로 살고 있습니까?" "그렇습니다." 하고 나는 대답했다.

그러자 그는 고개를 숙였고, 다시 자리에 앉았다. 그는 나를 불쌍히 여긴다고 했다. 그는 인간이라면 내 생각을 도저히 받아들일 수 없으리라고 판단했다. 나로서는 단지 그가 나를 귀찮게 하기 시작한다고 느낄 따름이었다. 이번에는 내가 돌아섰고, 천창 아래로 걸어갔다. 나는 어깨를 벽에 기대었다. 그의 말에 그다지 주의를 기울이지 않았지만, 그가 다시 내게 무엇인가를 묻는 소리가 들렸다. 그는 불안하고 절박한 목소리로 이야기하고 있었다. 나는 그가 흥분한 상태라는 것을 깨달았고, 그의 말에 좀더 귀를 기울였다.

그는 나의 항소가 인용認容되리라고 확신했지만, 내가 죄의 짐을 지고 있기에 먼저 그것을 벗어야 한다고 말했다. 그에 의하면 인간들의 심판은 아무것도 아니고, 하느님의 심판이 전부였다. 나는 나를 단죄한 건 전자라고 지적했다. 그는 그것으로 나의 죄가 씻기는 건 아니라고 대답했다. 나는 죄가 무엇인지 모른다고 말했다. 내가 죄인이라는 것을 사람들이 내게 가르쳐주었을 뿐이었다. 나는 죄인이었고, 죗값을 치르고 있었고, 그러니 사람들이 내게 더 이상 무엇인가를 요구할 수는 없었다. 그 순간 사제가 다시 일어섰는데, 나는 감방이 몹시 좁아 그가 움직이려 해도 선택의 여지가 없으리라고 생각했다. 앉든가 서든가 둘 중 하나였다.

나는 감방 바닥을 뚫어지게 쳐다보고 있었다. 그는 내게 한 걸음 다가왔지만, 더 이상 앞으로 나아갈 엄두가 나지 않는 듯 멈춰섰다. 그는 창살을 통해 하늘을 바라보았다. "아들*이여, 당신이 틀렸습니다." 하고 그가 말했다. "사람들은 당신에게 더 많은 것을 요구할 수 있어요. 사람들은 아마도 당신에게 더 많은 것을 요구할 겁니다." "도대체 뭘요?" "사람들은 당신에게 보기를 요구할 수 있습니다." "뭘 본다는 거죠?"

사제는 주위를 둘러보았고, 별안간 몹시 지친 듯한 목소리로 대답했다. "이 모든 돌이 고통의 땀을 흘리고 있습니다, 나는 알아요. 나는 결코 고뇌 없이 이 돌을 바라본 적이 없습니다. 그렇지만 나는 당신들 가운데 가장 불행한 사람조차 이 돌의 어둠에서 신의 얼굴이 솟아나는 걸 보았다는 사실을 가슴으로 알고 있습니다. 사람들이 당신에게 보기를 요구하는 것은 바로 그 얼굴입니다."

나는 좀 흥분했다. 나는 여러 달 전부터 그 벽을 바라보았노라고 말했다. 내가 이 세상에서 그 벽보다 더 잘 알고 있는 건 아무것도 없었다. 오래전에 나는 그 벽에서 하나의 얼굴을 찾으려 했다. 하지만 그 얼굴은 태양의 빛깔과 욕망의 불꽃을 담은 얼굴이었다. 그것은 바로 마리의 얼굴이었다. 나는 마리의 얼굴을 찾으려 했으나 헛일이었다. 이제는 그것도 끝이었다. 어쨌든 나는 이 돌의 땀에

---

* 여기서 '아들'은 사제가 남성 신도를 부를 때 쓰는 표현인 'mon fils'를 우리말로 옮긴 것이다.

서 솟아나는 것을 아무것도 보지 못했었다.

사제는 슬픈 표정으로 나를 바라보았다. 이제 나는 몸을 완전히 벽에 기대고 있었기에, 햇빛이 이마 위로 흘러내렸다. 그는 내게 들리지 않는 몇 마디 말을 했고, 아주 빠른 어조로 나를 포옹해도 되겠느냐고 물었다. "싫습니다." 하고 나는 대답했다. 그는 돌아섰고, 벽을 향해 걸어가더니 천천히 벽에 손을 짚었다. "그러니까 당신은 그토록 이 땅을 사랑한다는 말입니까?" 하고 그가 나직이 말했다. 나는 아무것도 대답하지 않았다.

그는 꽤 오랫동안 등을 돌린 채 서 있었다. 그가 방 안에 있다는 사실이 짐스러웠고 성가셨다. 내가 그에게 그만 가달라고, 나를 혼자 있게 해달라고 말하려 했을 때, 그가 갑자기 나를 향해 돌아서며 폭발하듯 소리쳤다. "아니, 나는 당신 말을 믿을 수가 없어요. 당신도 다른 삶을 소망한 적이 있었다고 확신합니다." 나는 물론 그렇다고, 하지만 그것은 부자가 되거나, 헤엄을 아주 잘 치거나, 더 잘생긴 입을 가지고 싶다는 소망보다 더 중요할 게 없다고 대답했다. 둘은 동일한 차원의 일이었다. 그러나 그는 내 말을 끊었고, 내가 그 다른 삶을 어떻게 생각하는지 알고 싶어 했다. 그러자 나는 "내가 이 현재의 삶을 추억할 수 있는 하나의 삶"이라고 소리쳤고, 연이어 이제 그런 이야기에 진력이 난다고 말했다. 그가 다시 하느님 이야기를 하려고 했지만, 나는 그에게로 다가가서 내게는 시간이 얼마 남지 않았다는 것을 마지막으로 설명하려 했다. 나는 하느님 이야기로 그 시간을 허비하고 싶지 않았다. 그는 화제를 바꾸기 위

해 왜 자기를 "아버지"가 아니라 "선생님"이라고 부르느냐고 물었다.* 그 물음이 내 신경을 건드렸고, 나는 그가 내 아버지가 아니기 때문이라고 대답했다. 그는 오히려 다른 사람들 편이었다.

"아들이여, 그렇지 않습니다." 하고 그가 내 어깨에 손을 올리며 말했다. "저는 당신 편입니다. 다만 당신 마음의 눈이 멀어서 당신이 그것을 알 수 없을 뿐이지요. 당신을 위해 기도하겠습니다."

그때, 왜인지는 모르겠으나 나의 내면에서 무엇인가가 폭발했다. 나는 목이 터지도록 소리 질렀고, 그에게 욕을 퍼부었으며, 기도하지 말라고 했다. 나는 그가 입은 사제복의 깃을 움켜쥐었다. 기쁨과 분노가 솟구쳐 오르는 감정의 약동과 더불어, 나는 마음속 깊은 곳을 그에게 송두리째 쏟아버렸다. 당신은 몹시도 확신에 차 있어, 안 그래? 하지만 당신의 확신은 여자 머리카락 한 올만 한 가치도 없어. 당신은 죽은 사람처럼 살아가고 있으니, 살아 있다는 것조차 확신하지 못해. 나, 나야 겉보기에는 두 손이 텅 빈 것 같지. 그렇지만 내게는 나에 대한 확신, 모든 것에 대한 확신, 당신보다 더 깊은 확신, 내 삶과 다가올 그 죽음에 대한 확신이 있어. 그래, 난 가진 게 이것밖에 없어. 하지만 적어도 나는 이 진리를 굳게 붙들고 있어, 이 진리가 나를 굳게 붙들고 있는 만큼 말이야. 나는 전에

---

* 여기서 '아버지'는 사제를 부를 때 쓰는 표현인 'Mon père'를 우리말로 옮긴 것이고, '선생님'은 남성을 예의 바르게 부를 때 쓰는 표현인 'Monsieur'를 우리말로 옮긴 것이다.

이방인

도 옳았고, 지금도 옳고, 언제나 옳을 거야. 나는 이런 식으로 살았지만, 저런 식으로 살 수도 있었겠지. 나는 이런 일을 했고, 저런 일을 하지 않았어. 나는 이런 짓을 저지른 반면, 저런 짓을 저지르지는 않았어. 그래서 어떻다는 거야? 마치 나는 늘 그 순간을, 내가 정당화될 그 이른 새벽을 기다리며 살아온 것만 같아. 아무것도, 아무것도 중요하지 않아, 그리고 나는 그 이유를 잘 알고 있어. 당신 또한 그 이유를 잘 알고 있어. 내가 살아온 이 부조리한 생애 전체에 걸쳐, 내 미래의 심연으로부터, 한 줄기 어두운 바람이 아직 도래하지 않은 세월을 거쳐 나를 향해 올라오고 있고, 바로 그 바람이 지나가면서, 내가 지금 살고 있는 정히 현실적이지도 않은 세월 속에서 사람들이 내게 제안한 모든 것을 아무런 차이가 없는 것으로 만들고 있어. 다른 사람들의 죽음, 어머니에 대한 사랑이 뭐가 중요해, 당신의 하느님, 사람들이 선택하는 삶, 사람들이 선택하는 운명이 뭐가 중요해, 오직 하나의 운명이 나를, 또한 나와 함께 당신처럼 내 형제를 자처하는 수많은 특권자를 선택하게 되어 있으니 말이야. 이제 이해가 돼, 이해가 되느냐고? 모두가 다 선택받은 특권자야. 이 세상에는 선택받은 특권자들밖에 없어. 다른 사람들 또한 언젠가 단죄받을 거야. 당신 또한 단죄받을 거야. 당신이 살인죄로 기소당한 채 어머니의 장례식에서 눈물을 흘리지 않았다는 이유로 처형당한들 그게 뭐가 중요해? 살라마노의 개는 가치를 따지자면 그의 아내와 똑같아. 자동 인형 같은 그 키 작은 여자 또한 마송과 결혼한 파리 여자, 혹은 나와 결혼하고 싶어 한 마리만큼 죄인이야.

셀레스트가 레몽보다 낫지만, 레몽이 셀레스트와 마찬가지로 내 친구라고 한들 그게 뭐가 중요해? 마리가 오늘 새로운 뫼르소에게 입술을 바친다고 한들 그게 뭐가 중요해? 이해가 돼, 이 사형수야, 내 미래의 심연으로부터…… 이 모든 것을 외치면서 나는 숨이 막혔다. 그러나 벌써 사람들이 내 손에서 사제를 빼냈고, 간수들이 나를 위협하고 있었다. 그렇지만 사제는 그들을 진정시켰고, 잠시 말없이 나를 바라보았다. 그의 눈에는 눈물이 가득했다. 그는 돌아섰고, 자리를 떠났다.

그가 떠난 후, 나는 평온을 되찾았다. 나는 기진맥진했고, 침대에 몸을 던졌다. 잠시 잠이 들었던 것 같은데, 눈을 뜨자 얼굴 위로 별들이 가득 보였기 때문이었다. 전원의 소리가 내 귓전까지 올라왔다. 밤의 냄새, 흙냄새, 소금 냄새가 내 관자놀이를 시원하게 적셨다. 이 잠든 여름의 경이로운 평화가 밀물처럼 내 안으로 들어왔다. 바로 그때, 밤의 어둠 저 끝에서 뱃고동이 울렸다. 그 소리는 이제 나와는 영원히 무관한 한 세계로의 출발을 알리고 있었다. 참으로 오랜만에 나는 엄마를 생각했다. 이제 나는 왜 엄마가 삶이 끝날 무렵에 '약혼자'를 가졌었는지, 왜 엄마가 삶을 다시 시작하는 놀이를 했었는지 이해할 수 있을 듯했다. 거기, 거기서도, 뭇 생명이 꺼져가는 양로원 주위에서도 저녁은 우수가 깃든 휴식 시간과도 같은 것이었다. 그처럼 죽음 가까이에서 엄마는 해방감을 느꼈고, 모든 것을 다시 살아볼 욕망이 일었음이 틀림없었다. 아무도, 아무도 엄마로 인해 눈물을 흘릴 권리가 없었다. 그리고 나 또한 모든 것을 다시 살아볼 준비가 되었음을 느꼈다. 마치 그 커다란 분노가 내게서 고뇌를 씻어주고 희망을 비워준 듯, 신호와 별들이 가득한 밤의 어둠 앞에서 나는 처음으로 세계의 다정한 무관심에 가슴을 열었다. 세계가 그토록 나와 닮았고 그토록 형제 같으매 나는 전에도 행복했고, 지금도 행복하다고 느꼈다. 모든 것이 완결되도록, 내가 외로움을 덜 느끼도록, 내게 남은 일은 처형일에 모쪼록 많은 구경꾼이 와서 증오의 함성으로 나를 맞이해주기를 소망하는 것뿐이었다.

『작가 수첩』에 나오는 『이방인』 관련 노트[*]

알베르 카뮈

『이방인』에 대한 A. J. T.[**]

이것은 치밀하게 계산된 책이고, 톤은…… 의도적이다. 톤이 네댓 번 높아지는 게 사실이지만, 그것은 단조로움을 피하고 구성을 부여하기 위해서였다. 교도소의 부속 사제에게 나의 '이방인'

● 　이 노트는 학문적 신뢰도가 가장 높은 판본으로 평가되는 갈리마르 출판사의 『플레이아드 총서』 판본에 수록되어 있다. (Albert Camus, *Extraits des Carnets* dans *Oeuvres complètes : Théâtre, Récits, Nouvelles*, Bibliothèque de la Pléiade, Gallimard, 1962, pp. 1931-1934.) 『이방인』이 1942년 5월에 인쇄되고 6월에 출간되었으므로, 1942년에 카뮈가 쓴 노트는 의미심장하기 이를 데 없다. 이를테면 이 노트는 카뮈가 『이방인』에 대해 가졌던 가장 원초적인 생각, 그 생각을 가감 없이 그리고 내밀하게 표출한 육성이라고 할 수 있다.

●● 　'A. J. T.'는 프랑스어 'Ajout'의 줄임말일 것이다. 'Ajout'는 '첨언' '가필' 등을 뜻한다.

은 무죄를 주장하지 않는다. 그는 화를 낸다. 그것은 아주 다른 것이다. 어쨌든 내가 그의 입장을 설명하지 않느냐고 당신은 말할지도 모른다. 그렇다. 그리고 나는 그 점을 깊이 생각해보았다. 내가 그렇게 결심한 것은 내 작중 인물이 일상적인 것 그리고 자연스러운 것을 통해 이 세상에서 유일하게 중요한 문제*에 천착하기를 바랐기 때문이었다. 그 중요한 순간을 강조하지 않으면 안 되었다. 다른 한편 내 작중 인물의 경우 급격한 변화나 단절이 없다는 사실도 주목할 필요가 있다. 책의 나머지 부분과 마찬가지로 이 장에서도, 그는 그저 '질문에 대답하기'로 일관한다. 이 장면 이전에는 세상이 날마다 우리에게 던지는 질문이었고, 여기서는 부속 사제가 던지는 질문이다. 이처럼 나는 내 인물을 소극적으로, 부정적으로 규정한다. 당연히 이 모든 것은 예술적 목적이 아니라 예술적 수단과 관련된다. 책의 의미는 정확하게 말해 1부와 2부의 평행관계에 존재한다. 결론적으로 사회는 어머니의 장례식에서 눈물을 흘리는 사람들을 필요로 한다. 또는 우리는 결코 우리가 짐작하는 범죄 때문에 유죄를 선고받지 않는다. 그 밖에도 내게 떠오르는 결론이 열 가지나 더 있다.

---

* 아마도 '죽음'이라는 문제를 가리키는 듯하다. 『시시포스 신화』의 첫 문장을 상기하자. "이 세상에서 유일하게 진실로 중요한 철학적 문제, 그것은 자살이다."

『이방인』에 대한 비판. '모랄린'*이 맹위를 떨치고 있다. 부정否定이 하나의 선택임에도 그것을 포기로 간주하는 어리석은 바보들. (『페스트』의 작가는 부정의 영웅적 측면을 보여준다.) 신을 잃은 인간에게는 달리 가능한 삶이 없다. 게다가 실은 모든 인간이 신을 잃었다. 이런저런 예언을 주워섬기는 게 남자다운 용기이고, 영적인 척 가장하는 게 위대함이라고 상상하다니! 시와 시어의 모호성을 이용한 투쟁, 영혼의 허울뿐인 반항은 '더없이 몰가치한 투쟁이요 반항'이다. 그것이 실효적이지 않다는 사실을 폭군들은 잘 알고 있다.

'내일 없는 삶'**

나는 나보다 더 큰 것, 내가 정의할 수 없으나 느낄 수 있는 큰 것을 생각하고 있다. 그 큰 것이란 무엇일까? 부정의 신성을 향해, 신 없는 시대의 영웅주의를 향해, 요컨대 순정한 인간을 향해 어렵게 걸어가는 것. 신에 대한 고독을 포함한 모든 인간적 덕목들.

- '모랄린moraline'은 두 가지 뜻을 지니고 있다. 하나는 경멸적 의미에서 '체제 순응주의적이고 관례 추종주의적인 정신'을 가리키고, 다른 하나는 군대에서 사용되는 은어로 '사기를 진작시키는 약'을 가리킨다.
- 여기서 '내일 없는 삶Sans lendemain'은 책 제목처럼 이탤릭체로 적혀 있다. 노트의 전체적 의미로 미루어, 『내일 없는 삶』은 향후 출간될 소설 『페스트』(1947)를 가리키는 것으로 보인다. 『페스트』는 전염병처럼 불시에 닥치는 전체주의 전쟁에 대한 집단적 반항, 신 없는 시대에 시도할 수 있는 인간의 유의미한 반항을 주제로 삼고 있다.

본보기가 될 만한 기독교의 (유일한) 우월성은 무엇인가? 그리스도와 그의 성자들 — '삶의 양식'의 추구. 이 작품은 아무런 보상을 기대하지 않는 작중 인물들이 절대선으로 나아가는 길에서 거쳐야 할 단계만큼 다양한 삶의 형태를 보여줄 것이다. 『이방인』은 제로 포인트이다. 『시시포스 신화』도 마찬가지이다. 『페스트』는 하나의 전진인데, 제로에서 무한으로의 전진이 아니라 좀 더 심오한 복합성으로의 전진이다. 이 복합성이 무엇인지는 향후 규정해야 할 과제로 남아 있다. 최종점은 성자가 되겠지만, 그 성자는 산술적인 값, 인간처럼 측정할 수 있는 산술적인 값을 지닐 것이다.

「비판에 대하여」. 소설을 쓰는 데는 3년이 걸렸지만, 그 소설을 웃음거리로 만드는 데는 단지 다섯 줄의 글이면 충분했다. 그리고 잘못된 인용들.

(발송하지는 않을 예정인) 문학 비평가 A. R.에게 쓰는 편지⋯⋯ 당신의 비평 가운데 한 문장이 저를 몹시 놀라게 했습니다. "나로서는 ⋯⋯는 고려하지 않겠다."라는 문장 말입니다. 어떻게 양식 있는 비평가, 작품 전체의 의도가 무엇인지 잘 아는 비평가가 작중 인물이 자신에 대해 말하는 유일한 순간, 작중 인물이 자신의 비밀을 독자에게 털어놓는 유일한 순간을 고려하지 않을 수 있습니까? 어떻게 당신이 그 종결부가 결정적인 수렴의 순간이라는 걸 모를 수 있단 말입니까? 이를테면 그 종결부는 제가 묘사한 한 존재의 파편

들, 너무도 산만하게 분산된 파편들이 마침내 한자리에 모이는 특권적인 장소이니까요…….

…… 당신은 제가 허구를 사실로 가장하려는 야심을 보인다고 탓합니다. 그러나 사실주의는 제게 의미 없는 낱말입니다. 『마담 보바리』와 『악령』은 둘 다 사실주의 소설이지만, 둘 사이에는 아무런 공통점이 없습니다. 저는 사실주의적인 방식에 신경 쓰지 않았습니다. 굳이 제 야심에 하나의 이름을 붙여야 한다면, 저는 반대로 상징이라는 이름을 제시하겠습니다. 게다가 당신도 그 점을 충분히 느낀 듯합니다. 그러나 당신은 그 상징에 전혀 상관없는 의미를 부여하고 있습니다. 요컨대 당신은 우스꽝스러운 철학의 딱지를 제게 붙였습니다. 제가 자연과 같은 인간 존재를 믿는다고, 제가 인간 존재를 식물과 동일시한다고, 제가 본질상 인간을 윤리와 무관한 존재로 인식한다고 당신이 주장할 수 있는 근거는 이 책 어느 곳에도 없습니다. 이 책의 주인공은 결코 주도권을 쥐는 법이 없습니다. 인생이 제기하는 질문이든 사람들이 제기하는 질문이든 그가 늘 '질문에 대답하는 것'에 그친다는 사실을 당신은 주목하지 않았습니다. 그는 결코 아무것도 주장하지 않습니다. 저는 단지 주인공의 음화陰畵를 제시했을 뿐입니다. 책의 마지막 장을 제외하고서는, 아무것도 당신으로 하여금 주인공의 심오한 태도를 미리 규정짓게 해 주지 않습니다. 하지만 당신은 마지막 장을 "고려하지 않았습니다."

왜 그가 '가장 적게 말하기'라는 의지를 지니고 있는지를 설명하자면 이야기가 너무 길어집니다. 그러나 당신이 피상적인 검토로 저로서는 도저히 수용하기 힘든 싸구려 철학을 제게 덮어씌운 건 매우 유감스러운 일이 아닐 수 없습니다. 만약 당신의 글에 나오는 유일한 인용이 잘못된 것이라는 사실을 제가 증명한다면 (그 인용을 제시하고 바로잡는다면), 만약 그 인용을 논거로 삼아 이루어진 당신의 추론이 부당하다는 사실을 제가 증명한다면, 당신은 지금 제가 무슨 말을 하는지 더 잘 이해할 겁니다. 아마도 이 책에는 다른 하나의 철학이 있었을 텐데, 당신은 '비인간성'이라는 낱말을 씀으로써 그 철학을 가볍게 스치기는 했습니다. 그렇지만 이런저런 증명을 해봤자 무슨 소용이 있겠습니까?

어쩌면 당신은 무명 작가의 작은 책 한 권에 대해 갑론을박 떠드는 소리가 지나치다고 생각할지 모르겠습니다. 세간의 갑론을박에 관한 한, 제가 제어할 수 있는 일이 아닌 듯합니다. 아무튼 하나의 윤리적 시각에서 그 책을 읽음으로써, 당신은 평소의 객관적 통찰력과 재능을 상실한 채 그 책을 판단하게 되었습니다. 당신의 시각은 제가 결코 동의할 수 없는 것이고, 누구보다 당신 자신이 그점을 잘 알고 있습니다. 모름지기 작품의 윤리적 성격을 강조하는 문학의 기치 아래에서 향후 행해질 비판(그다지 오래되지 않은 과거에도 행해졌던 비판)과 당신의 비판 사이에는 지극히 모호한 경계만이 존재합니다. 분노 없이 말씀드리건대, 그것은 역겨운 것입니다. 하나의 작품이 지금이건 언제건 국가에 이로울지 해로울지를 판단

할 자격은 당신에게도 그 누구에게도 없습니다. 어쨌든 저는 그러한 재판에 응할 생각이 전혀 없으며, 제가 이 편지를 쓰는 까닭도 바로 여기에 있습니다. 사실 이보다 더 심할지라도 덜 경직된 정신에 입각한 비판이라면 제가 담담히 받아들였으리라는 걸 믿어주시면 고맙겠습니다.

　여하한 경우에도 이 편지가 새로운 오해를 불러일으키는 일이 없기를 바랍니다. 지금 제가 편지를 쓰는 것은 불만을 품은 저자로서의 행동이 아닙니다. 이 편지의 내용 가운데 아무것도 출판계에 알리지 말 것을 부탁드립니다. 사실 어디에나 손쉽게 개입하는 오늘날의 잡지에서 제 이름이 자주 보이지는 않았을 겁니다. 왜냐하면 잡지를 통해 할 말이 아무것도 없는 제가 그저 광고의 제물로 쓰이고 싶지는 않았기 때문입니다. 현재 저는 수년에 걸쳐 쓴 몇 권의 책을 펴내고 있습니다. 출간 이유는 단지 집필이 끝났고 그다음 책들을 준비해야 한다는 것뿐입니다. 저로서는 그 책들을 통해 어떤 물질적 이득도 어떤 존경도 기대하지 않습니다. 다만 저는 모든 선의의 작업이 얻게 마련인 관심과 이해를 제 책도 얻을 수 있기를 바랄 뿐입니다. 하기야 이런 희망조차 지나친 것일지도 모르겠습니다. 선생님, 제 편지를 끝까지 관심 깊게 읽어주셔서 진심으로 감사드립니다.

　― 세 인물이 『이방인』 속에 들어 있다. 두 남자(그중의 하나는 나)와 한 여자.

알베르 카뮈와 『이방인』

유기환

1

1913년 11월 7일 알제리의 소도시 몽도비에서 프랑스 혈통의 포도 농장 노동자 뤼시엥 오귀스트 카뮈와 스페인 혈통의 하녀 카트린 생테스 사이에서 알베르 카뮈(Albert Camus, 1913-1960)가 태어났다. 아버지는 제1차 세계대전 발발과 함께 징집되어 난생처음 고국 프랑스로 갔으나 한 달 만에 전사했다. 아버지가 사망한 후, 어머니는 알제의 빈민가로 이사하여 가정부로 일하며 두 아들 뤼시엥과 알베르를 키웠다. 어머니는 선천적으로 귀가 어두웠고 글을 읽을 줄 몰라 늘 침묵 속에 살았다. 유명 작가인 아들의 글을 단 한 줄도 읽을 수 없었던 것은 어머니에게 크나큰 슬픔이었으리라. 지독하게 가난했음에도 카뮈가 중학교에 입학할 수 있었던 것은 초등학교 담임교사 루이 제르맹이 장학생 선발시험을 볼 수 있게 해주었기 때문이다. 카뮈가 노벨문학상 수상 연설집 『스웨덴 연설』 Discours de Suède을 루이 제르맹에게 헌정한 배경에는 이런 유년기의 기억이 있었다.

카뮈의 인생은 그 자체가 '이방인'의 삶이었다. 알제리의 프랑스인, 즉 '피에 누아르pied noir'* 로서 운명적으로 알제리에서나 프랑스에서나 뿌리 없는 이방인일 수밖에 없었다. 게다가 학교에서는 빈민이어서 이방인이었고, 집에서는 지식인이어서 이방인이었다. 그러나 카뮈에게 지중해는 영원한 마음의 고향이었다. 특히 알제의 바다와 태양, 즉 자연의 세계에서 그는 드물게 행복을 느꼈다. 만약 지중해에 신이 있다면 그것은 그 자체로 완전한 자연일 것인바, 카뮈는 알제리의 자연을 뼛속 깊이 사랑했다. 만년에 그가 루르마랭을 자신이 묻힐 곳으로 선택하고 그곳에 집을 구한 것도 바로 루르마랭의 들판과 산이 알제의 들판과 산을 연상시켰기 때문이다.

2

카뮈는 고등학교와 대학을 졸업하기 위해 쉼 없이 아르바이트를 해야 했다. 고학을 하면서도 불구하고 그는 축구, 사랑, 연극 등 대

---

* '피에 누아르pied noir'는 '검은 발'이라는 뜻으로 알제리 태생의 프랑스인을 가리킨다.

학생 특유의 활동에 몰입했고, 지드, 몽테를랑, 말로를 탐독했으며, 플라톤, 아우구스티누스, 니체를 연구했다. 1934년 대학 시절 은사장 그르니에의 권유로 공산당에 입당했으나 이내 당의 명령에 반발함으로써 제명 처분을 받았다. 대학 시절에 꽃핀 열정이 평생 이어진 것은 다름 아닌 연극이었다. 카뮈가 연극을 사랑한 이유는 그것이 작가, 배우, 관객의 협동, 즉 공동체 정신에 바탕을 두는 장르였기 때문이다. 훗날 아웃사이더로 살았던 파리 지식인 사회에서도 무대는 그로 하여금 행복을 느끼게 하는 몇 안 되는 공간이었다.

　젊은 카뮈의 이력에서 신문기자 생활도 빼놓을 수 없는 자리를 차지한다. 1938년 카뮈는 파스칼 피아가 창간한 신문『알제 레퓌블리캥』*Alger Républicain*에 취직했다.『알제 레퓌블리캥』에서 그가 쓴 가장 유명한 기사는「카빌리의 참상」*La misère de la Kabylie*인데, 이 기사는 카빌리의 열악한 경제적, 교육적, 정치적 환경을 신랄하게 고발함으로써 알제리 사회에 상당한 반향을 일으켰다. 제2차 세계대전이 발발하자 카뮈는 파스칼 피아의 주선으로『파리 수아르』*Paris soir*에 자리를 얻어 파리로 갔고, 뒤이어 피아가 편집장이 된 레지스탕스 신문『콩바』*Combat*에 합류했다. 해방 직후에 카뮈는『콩바』의 편집장이 되었고, 그의 신문기자 경력은 정점에 이르렀다.『콩바』에서 그가 견지한 정치적 입장은 그리스적 중용이었다. 그러나 시간이 흐름에 따라 카뮈의 중립적 시각은 마르크스주의가 지배한 파리 지식인 사회에서 차갑게 외면당했다. 카뮈는 기자를 '그날그날의 역사가historien au jour le jour'라고 불렀는데, 1947년『콩바』가 이 역할을 다하지 못한다고 판단했을 때『콩바』를 떠났다. 신문기자로서의 경력을 끝낸 그는 이제부터 작가 생활에 매진할 터였다.

카뮈의 작품 세계는 부조리, 반항, 사랑이라는 세 개의 주제로 요약되며, 각각의 주제는 에세이, 소설, 희곡으로 형상화된다. 부조리 계열의 작품으로는 소설『이방인』L'Étranger, 에세이『시시포스 신화』Le Mythe de Sisyphe, 희곡『칼리굴라』Caligula,『오해』Le Malentendu가 있고, 반항 계열의 작품으로는 소설『페스트』La Peste, 에세이『반항인』L'Homme révolté, 희곡『정의의 사람들』Les Justes,『계엄령』L'Etat de siège이 있다. 사랑 계열의 작품으로는 미완성 소설『최초의 인간』Le Premier homme이 있을 뿐인데, 이 소설을 쓰던 중 불의의 교통사고로 사망했기 때문이다. 여기서 잠시 카뮈 문학의 키워드라고 할 수 있는 부조리와 반항에 주목하자.

3

인간에게 가장 본질적인 철학적 문제가 삶과 죽음이라는 데는 이론의 여지가 없으리라. 왜 삶인가? 왜 죽음인가? 인간의 의식은 이 근원적 물음에 대한 합리적 대답을 구하지만, 그냥 여기 존재할 뿐인 세계는 그 대답을 주지 않는다. 간단히 말해 부조리 감정은 인간과 세계 사이의 대립, 분리, 충돌로부터 태동한다. 예컨대 삶, 죽음, 우주, 존재, 무 등을 떠올릴 때 생기는 막막하고 아연한 감정이 바로 부조리 감정이다. 부조리란 이를테면 합리와 비합리의 뒤섞임, 즉 코스모스 이전의 카오스와 같은 것이다. 코스모스가 카오스의 부분집합이듯 합리는 부조리의 부분집합이기 때문에, 부조리는 합리적 추론으로 모두 설명되지 않는다. 다시 말해 부조리란 논리적 설명의 대상이라기보다는 감성적 느낌의 대상이다. 카뮈에 의하면, 부조리는 인간의 숙명이다. 세계는 도덕과 배덕, 긍정과 부정, 고통과 기쁨, 광기와 이성 등 반대되는 두 항의 양립에 바탕을 둔다. 두 항 가운데 하나만을 선택하려는 것만큼 어리석은 일도 없다.

요컨대 부조리는 인간에게 부여된 선험적 조건인데, 그렇다면 이 부조리에 직면하여 인간은 어떻게 살 것인가? 『시시포스 신화』는 부조리에 대한 대책으로 자살, 희망, 반항을 차례로 논한다. 전술한 대로 부조리는 합리를 추구하는 인간의 의식과 비합리로 가득 찬 세계 사이의 대립에서 발생한다. 자살은 부조리의 한쪽 항인 인간의 의식을 말살하는 것이기에 해결책이 아니다. 희망, 즉 종교는 내세를 앞세워 부조리의 다른 쪽 항인 현재의 세계를 말살하는 것이기에 해결책이 될 수 없다. 요는 의식과 세계를 엄격하게 유지하는 것인데, 카뮈에 의하면 세계의 모순을 인간의 의식으로 직시하는 반항이 참된 해결책이다. 그렇다면 세계의 모순을 정면으로 응시한다는 것이 무슨 뜻일까?

카뮈가 『시시포스 신화』에서 시시포스를 '부조리의 신'으로 만드는 것은 바로 이런 응시의 맥락에서다. 시시포스는 제우스의 일을 방해한 죄로 거대한 바위를 뾰족한 산정에 들어 올리는 신벌을 받는다. 시시포스는 실패를 거듭하면서 이 일이 실현 불가능한 일, 불합리한 일임을 깨닫게 되었으리라. 이때 반항의 개념이 등장한다. 어느 날 시시포스의 의식은 고통스러운 이 일을 깊이 성찰하면서 의미를, 행복을 찾고자 한다. 그리하여 그는 열성을 다해 바위를 밀어 올리며, 마침내 그것을 산정에 올려놓는 순간 자신의 노고에 한없는 자부심을 느낀다. 신벌을 온몸으로 감내하면서, 즉 모순을 정면으로 응시하면서 그것을 고통의 원인이 아니라 행복의 원천으로 삼는 이 역리야말로 시시포스가 제우스에게 제기하는 최고의 반항이 아닐까? 이 반항과 더불어, 카뮈가 『시시포스 신화』에서 말하는 '행복한 시시포스'가 탄생한다.

4

에세이스트, 철학자, 극작가로서 아무리 탁월하다 해도 카뮈가 사람들의 뇌리에 소설가로 각인되어 있음은 의문의 여지가 없다. 대표 소설 『이방인』에 대해서는 이 소론의 후반부에서 따로 상론할 것이다. 『페스트』는 전체주의적 압제에 대한 집단적 저항을 은유함으로써 모럴리스트 카뮈를 재확인해주었다. 전편이 독백에 가까운 대화체로 이루어진 『전락』La Chute은 그 독특한 형식으로 문단의 각별한 주목을 받은 바 있다. 「간부」姦婦, 「배교자」, 「벙어리들」, 「손님」, 「요나」, 「자라나는 돌」 등 여섯 단편소설로 이루어진 『유배지와 왕국』*L'Exil et le royaume*은 근본적으로 유배지인 이 세상에서 순간의 왕국을 찾아 나가는 인물들의 이야기를 담고 있다. 『최초의 인간』은 부조리와 반항에 이은 세 번째 주제, 즉 자연과 인류에 대한 사랑을 활짝 개화시켜야 했지만, 아쉽게도 작가의 돌연한 죽음과 함께 영원한 침묵 속에 묻히고 말았다.

카뮈가 쓴 가장 유명한 에세이로는 부조리의 해설서인 『시시포스 신화』와 반항의 해설서인 『반항인』이 있다. 그 외에 그는 예술적 사유의 원천인 『안과 겉』*L'Envers et l'endroit*, 자연의 찬가인 『결혼』*Noces*, 알제리 자연론인 『여름』*L'Été*을 남겼다. 소설가로서의 명성에도 불구하고 그가 소설보다 희곡을 더 많이 쓰거나 각색한 것은 놀랍다. 극작가로서 그는 부조리 계열의 『칼리굴라』와 『오해』, 반항 계열의 『계엄령』과 『정의의 사람들』을 썼고, 말로의 『경멸의 시대』*Le Temps du Mépris*, 포크너의 『어느 수녀를 위한 진혼곡』*Requiem pour une Nonne*, 도스토옙스키의 『악령』*Les Possédés* 등 다수의 소설을 희곡으로 각색했다. 공동체 정신을 요구하는 연극은 늘 고독감에 시달리던 카뮈에게 우정의 오아시스 역할을 했다.

5

마흔 살도 되기 전에 문학적 영광의 절정에 이른 카뮈로 하여금 침체기를 겪게 한 계기는 『반항인』(1952)의 출간이었다. 『반항인』의 요체는 혁명적 역사주의에 대한 비판과 그리스적 중용으로의 복귀

였는데, 이데올로기적 대립이 뜨겁게 전개되던 동서 냉전의 시대에 한계·절도·균형을 역설하는 이른바 '정오의 사상'pensée de midi은 찬사보다 비판을 훨씬 더 많이 받았다. 『반항인』 발표는 마르크스주의적 혁명을 강조하던 사르트르 진영의 즉각적 공격을 초래했다. 먼저 사르트르의 제자인 프랑시스 장송이 카뮈가 스탈린 체제를 마르크스 이론의 논리적 귀결이라고 보는 것은 잘못이라고 비판했다. 다음으로 카뮈가 장송이 아니라 그의 스승인 사르트르에게 답하면서 자신은 역사 자체가 아니라 역사를 '절대'로 만들려는 마르크스주의자들의 태도를 공격하는 것임을 분명히 했다. 끝으로 사르트르는 자신을 겨냥하여 반론을 제기하는 카뮈의 무례에 불쾌감을 표하며 『반항인』의 저자를 심약한 모럴리스트로 규정했다. 이 논쟁으로써 『이방인』 출간 이후 10년 동안 이어진 카뮈와 사르트르의 우정이 완전히 끝났다.

　『반항인』 논쟁 외에 카뮈를 괴롭힌 또 하나의 불행은 1954년부터 1962년까지 전개된 알제리 독립전쟁이다. 1830년 프랑스가 오스만 제국을 제압함으로써 프랑스의 식민지가 된 알제리는 사실 역사적으로 하나의 독립 국가로서 존재한 적이 없었다. 이것이 카뮈가 '피에 누아르' 또한 알제리 원주민이라고 주장하는 이유였다. 전쟁이 발발하자, 프랑스 여론은 양분되었다. 우파는 독립주의자들을 반역자로 간주하며 단호히 진압해야 한다고 주장했고, 좌파는 알제리 민족을 압제하는 수치스러운 전쟁을 하루빨리 중단해야 한다고 주장했다. 모럴리스트 카뮈는 다시금 한계와 균형을 앞세웠다. 그는 식민에도 독립에도 반대하면서 연방제를 통한 두 민족의 공존을 역설했다. 결과는 알제리의 프랑스인과 아랍인 모두에게서, 프랑스의 좌파와 우파 모두에게서 배신자로 취급받는 것이었다. 프랑스에서도 알제리에서도 설 땅이 없었던 카뮈는 어쩔 수 없이 긴 침묵에 들어갔다.

고통과 침묵이 이어지는 가운데 뜻밖의 행운이 찾아왔다. 1957년 카뮈는 노벨문학상 수상자로 선정되었는데, 앙드레 말로가 유력 후보였기에 모두가 놀라워했다. 노벨문학상 수상으로 카뮈는 세계적 명성을 얻었지만, 절정의 영광이 절정의 고통까지 끝내주지는 못했다. 창작의 활력을 되찾기 위해 그는 노벨문학상 상금으로 자신의 고향을 연상시키는 루르마랭에 별장을 마련했다. 그러나 여기서 구상된『최초의 인간』은 카뮈의 돌연한 사망으로 영원히 미완성으로 남았다. 1960년 1월 4일 친구 미셸 갈리마르의 차에 동승한 카뮈는 파리 근교 빌블뱅에서 교통사고로 즉사했다. 사망 이틀 후, 카뮈는 평소에 자기가 묻힐 곳이라고 말하곤 했던 루르마랭의 작은 공원묘지에 묻혔다.

6

1942년 독일 점령하에 놓인 잿빛 파리, 눈부신 알제리의 태양이 지배하는 소설『이방인』의 등장은 그 자체로 이방감을 주기에 충분했다. 더욱이 육체와 감각에 충실한 주인공 뫼르소는 장구한 기독교 역사를 가진 프랑스 독자들의 눈에 패륜아에 가까운 이방인으로 보였다. 어머니를 양로원에 보냈고, 어머니의 시신을 보려 하지 않았고, 어머니의 시신 앞에서 커피를 마시고 담배를 피우고 잠을 잤고, 장례식 이튿날 해변에서 만난 여자와 코미디 영화를 보고 섹스를 즐겼고, 동네 건달을 친구로 사귀고 수상한 치정 사건의 증인 역할을 수락한 뫼르소를 어떻게 이해해야 할까?

카뮈는 『이방인』을 이렇게 해설한 바 있다. "우리 사회에서 모름지기 어머니의 장례식에서 울지 않는 사람은 사형 선고를 받을 위험이 있다."* 다시 말해 뫼르소는 사회가 요구하는 일종의 유희, 즉 거짓말하는 유희에 참여하기를 거부했기 때문에 사형당했다는 것이다. 거짓을 질료로 삼는 사회적 유희, 즉 온갖 의례에 익숙한 법조인들은 실제 그대로의 진실만을 말하는 뫼르소를 전혀 이해하지 못한다. 『이방인』의 사법적 기준으로 보자면, 독자인 우리 또한 사회적 의례를 무시하고 진실한 감정을 가감 없이 밖으로 드러낼 때는 언제든지 사법적 유죄를 선고받을 가능성이 있다.

• Albert Camus, ≪Préface à l'édition universitaire américaine≫ dans *Oeuvres complètes* : *Théâtre, Récits, Nouvelles*, Bibliothèque de de la Pléiade, p. 1928.

7

소설은 주인공 뫼르소의 아랍인 살해를 중심으로 양분된다. 1부에서 회사원 뫼르소는 어머니가 사망했다는 전보를 받고 마렝고의 양로원으로 간다. 장례식 예법에 무감한 그의 태도에 양로원 사람들이 놀란다. 장례식 이튿날 그는 해변에서 옛 사무실 동료 마리를 만나 코미디 영화를 본 후 집으로 와서 동침한다. 평범하고 무심한 일상생활이 계속되는 가운데, 어느 날 층계참 이웃 레몽을 우연히 만나 아랍인 애인을 벌주려는 음모에 수동적으로 끌려 들어간다. 얼마 후 레몽, 뫼르소, 마리가 레몽 친구의 초대로 해변으로 놀러 갔을 때, 그들을 미행한 레몽 애인의 오빠 일행과 싸움이 벌어진다. 싸움은 끝났으나, 대결 중에 레몽에게서 권총을 넘겨받은 뫼르소는 강렬한 햇빛을 피해 혼자 그늘진 샘을 찾아간다. 샘에는 이미 레몽 애인의 아랍인 오빠가 와서 그늘 속에 누워 있다. 칼을 꺼내든 아랍인과의 팽팽한 대치 속에서 더 이상 태양의 열기를 견디지 못한 뫼르소가 자신도 모르게 방아쇠를 당긴다.

2부는 재판 과정을 담고 있다. 뫼르소는 자신이 죄인이라는 것을 실감하지 못하는 듯 재판을 관찰 혹은 구경한다. 예심과 본심에서 그에게 쏟아진 질문은 아랍인 살해 경위가 아니라 어머니 장례 태도에 관한 것이다. 종교적·도덕적 관례를 따르지 않았던 뫼르소의 행동 하나하나가 단죄의 논거가 된다. 사실 식민국 프랑스 법정이므로 뫼르소가 재판부의 질문에 요령 있게 답했더라면 사형 선고를 피할 수 있었을지도 모른다. 하지만 그는 법정이 원하는 대답을 하지 않음으로써, 즉 거짓말을 하지 않음으로써 사형을 선고받는다. 감옥에서 사형을 기다리는 동안 뫼르소 역시 인간이기에 극도의 공포를 느끼지만, 마침내 '세계의 다정한 무관심'에 마음을 열고 자유롭게 죽음을 맞이하고자 한다.

8

철학적 차원에서 볼 때, 『이방인』은 부조리의 우화로 읽힌다. 강렬한 태양의 열기 때문에 뫼르소의 손에 경련이 일어 방아쇠가 당겨졌고, 그 총알에 맞아 아랍인이 죽었다. 살인할 의사는 없었지만, 살인이라는 결과는 있다. 이때 그는 유죄인가, 무죄인가? 부조리 감정이란 이처럼 명쾌하게 결정할 수 없는 황당하고 애매한 상황에서 탄생한다. 부조리의 우화답게 『이방인』은 온통 애매성에 물들어 있다. 『이방인』에서는 더 중요한 것도 덜 중요한 것도 없이 모든 것의 가치가 평준화되어 있다. 꽃이 돌보다 더 가치 있는 것도 아니요, 알제 생활이 파리 생활보다 덜 가치 있는 것도 아니다. 부조리를 의식하는 인간, 즉 '부조리 인간l'homme absurde'으로서 뫼르소는 소설의 종결부에서 반항의 폭발음을 들려준다. 교도소 부속 사제가 면회 왔을 때, 뫼르소는 평소의 무심함에서 벗어나 극도의 기쁨과 분노 속에서 부속 사제의 멱살을 잡는다. 뫼르소에 의하면 모든 사람이 처형일만 다를 뿐 사형수이기는 마찬가지이다. 부조리를 정면으로 응시하지 못하는 사제에 대한 분노는 사형집행일에 좀 더 많은 증오의 함성이 들리기를 바라는 소망으로 이어진다. 왜냐하면 부조리를 의식하지 못하는 구경꾼들이 뫼르소를 더 증오하면 증오할수록 그의 죽음은 더욱더 부조리한 죽음이 되기 때문이다.

정신분석학적 차원에서 볼 때, 『이방인』은 매우 논리적으로 읽힌다. 예컨대 어머니 장례식 이튿날 뫼르소가 바다를 찾는다는 사실은 원형적 무의식의 시각에서 지극히 자연스럽다. 프랑스어로 바다mer와 어머니mère는 음성학적으로 동일할 뿐만 아니라 동서양을 막론하고 바다는 인류의 영원한 모성적 자궁을 상징하기 때문이다. 다른 한편 태양이 아버지를 상징한다는 의미에서 뫼르소의 살인은 오이디푸스 콤플렉스의 산물이라고 할 수 있다. 살인 사건이 일어나는 바닷가에서 뫼르소는 아랍인이 아니라 태양과 대결한다. 태양이 뫼르소의 의식을 말살했을 때, 다시 말해 무의식이 그를 지배하게 되었을 때, 바로 그때 방아쇠가 당겨진다. 그의 총구는 아랍인을 향해 있지만, 그의 무의식은 태양을 향해 있다. 그가 총성으로써 떨쳐버린 것은 아랍인이 아니라 '땀과 태양'이며, 깨뜨린 것은 '한낮의 균형', 즉 태양과 바다, 아버지와 어머니의 행복한 결혼이다. 요컨대 그가 쏜 것은 태양이라는 상징적 아버지다.

사회학적 차원에서 볼 때, 『이방인』은 무엇보다 재판에 대한 재판으로 읽힌다. 그렇다면 『이방인』의 재판에서 문제는 무엇인가? 『이방인』의 법정은 뫼르소가 살인을 했기에 범죄자가 되는 것이 아니라 범죄자이기에 살인을 하게 되었다는 어처구니없는 논리를 전개한다. 재판의 쟁점은 아랍인 살해가 아니라 평소의 도덕성이다. "그것은 태양 때문이었다."라는 뫼르소의 진술은 비웃음을 살 뿐이다. 결국『이방인』을 정독할 때 뫼르소가 사형당하는 진정한 이유는 살인이 아니라 기성질서와 고정관념의 위배에 있는 것으로 보인다. 장례 때문에 기소된 것인가 살인 때문에 기소된 것인가 하고 묻는 변호사에게 검사는 이렇게 답한다. "저는 이 사람이 범죄자의 가슴으로 어머니를 매장했기 때문에 유죄를 주장하는 바입니다." 작가 또한『이방인』의 미국판 서문을 통해 어머니 장례식에서 울지 않은 사람은 누구나 사형 선고를 받을 위험이 있다는 해설로『이방인』의 법정을 우회적으로 비판한 바 있다.

9

작가의 예술적 정체성을 결정하는 것은 누가 뭐라 해도 문체이다. 카뮈의 문장은 짧고 쉽다.『이방인』에는 역사적 사실을 기록하는 단순과거passé simple가 아니라 일상적 사실을 표현하는 복합과거passé composé가 사용되기 때문에, 그러한 단순성이 더욱 뚜렷이 다가온다. 단순과거는 역사적·문어체적 느낌을 주는 반면, 복합과거는 일상적·구어체적 느낌을 준다. 요컨대 간결성과 일상성이 카뮈 문체의 가장 두드러진 특징이다.

그렇지만 간결하고 일상적인 문체가 늘 쉬운 독서를 보장하는 것은 아니다. 카뮈는 수사학적 장식과 연결사의 사용을 최대한 절제한다. 롤랑 바르트는 『글쓰기의 영도』*Le Degré zéro de l'écriture*(1953) 에서 카뮈의 '백색 글쓰기écriture blanche'를 이렇게 평가했다. "카뮈의 『이방인』에 의해 처음으로 시도된 그 투명한 말은 하나의 '부재의 문체'를 완성한다. 그것은 문체의 이상적인 부재에 가깝다.'" 수사 학적 절제와 연결사의 절약은 단속적인 문장을 만들어 문장과 문 장 사이의 인과관계를 희박하게 하며, 문장 해석에서 독자의 부담 을 키운다. 게다가 서술의 엄정한 객관성은 텍스트의 의미 파악을 더욱 힘들게 하는데, 사르트르가 분석했듯 서술자 뫼르소의 의식은 마치 유리 칸막이처럼 작중인물의 모든 행동을 보여주면서도 그 행동의 의미를 전달해주지는 않는다. 『이방인』이 일인칭 소설임에 도 시점이 객관적으로 보이고, 해석이 여러 갈래로 나뉘는 다의적 텍스트가 되는 이유가 바로 여기에 있다.

주인공에 대한 정보 부재, 줄거리의 약화 또한 『이방인』의 소 설 미학을 논할 때 빼놓을 수 없는 예술적 양상이다. 이름, 직업, 재 산, 성격, 용모, 과거 등이 분명하게 제시되고 이를 바탕으로 행동 이 결정되는 전통소설의 주인공과 달리, 뫼르소는 이름과 용모가 전혀 제시되지 않으며, 과거, 재산, 성격 등도 희미하게 드러날 뿐

●   Roland Barthes, *Le Degré Zéro de l'écriture*, Seuil, 1953, p. 56.

이다. 『이방인』의 줄거리 또한 전통소설의 파란곡절이나 기승전결
과는 전혀 상관이 없다. 앞서 말했듯 더 중요할 것도 덜 중요할 것
도 없는 에피소드들이 단속적으로 끊어지듯 이어진다. 『이방인』이
중성적 글쓰기, 객관적 시선, 주인공과 줄거리의 약화, 연결사 절약
등으로 누보로망의 기원을 이룬다는 것은 이미 상식이 되어 있다.
현대소설이 무엇인지, 현대적 글쓰기가 무엇인지 알고 싶은 이에게
『이방인』의 독서는 반드시 거쳐야 할 통과의례이다.

10

카뮈는 예술작품이란 작가가 처음으로 가슴을 열었던 두세 개의
단순하면서도 심원한 이미지를 예술이라는 우회로를 통해 되찾는
기나긴 도정일 뿐이라고 했다.[*] 『이방인』을 통해 그가 되찾은 이미
지는 무엇일까? 그것은 무엇보다 태양과 침묵일 성싶다. 어린 시절
집 밖에는 지중해의 태양이 있었고, 집 안에는 어머니의 침묵이 있
었다. 도대체 태양과 침묵을 빼놓고 어떻게 카뮈의 문학을 이야기
할 수 있을까? 『이방인』은 핵심적 테마로 보나 시간적 배경으로 보
나 온통 태양이 지배하는 소설이다. 게다가 애초에 이야기라는 것
이 인간의 말에 앞서 세계의 침묵에서 나오는 것이지만, 카뮈의 경

---

[*]   Albert Camus, *Essais, Oeuvres complètes* : Bibliothèque de de la Pléiade, p. 13.

우에 유년기를 지배한 바로 그 침묵을 언어로 번역한 것이 『이방인』이라고 해도 과언이 아니리라.

바르트는 『이방인』을 일컬어 "제2차 세계대전 이후 프랑스에서 나온 첫 번째 고전소설"이라고 했다.* 그렇다면 고전이란 무엇일까? 카뮈의 말을 응용하자면, 그것은 독자로 하여금 어린 시절에 처음으로 가슴을 열었던 몇몇 단순하고 심원한 이미지를 되찾게 해주는 작품이 아닐까? 결론적으로 『이방인』은 이해해달라는 책이 아니라 의심해달라는 책이다. 늘 익숙하고 안정된 세계가 돌연 나의 고향, 나의 왕국이 아니라는 느낌, 이 느낌을 얻는 자가 바로 카뮈가 말하는 '부조리 인간' 즉 '부조리를 의식하는 인간'일 것이다. 『이방인』을 읽은 후 확신이 아니라 의심 속에서, 안정이 아니라 동요 속에서 자신의 근원적 이미지를 찾아 조용한 성찰의 여행을 떠나는 것, 그것은 곧 『이방인』을 정독했다는 뜻임이 틀림없다.

•   Mariel Morize, *L'Étranger de Camus*, Hachette, 1996, p. 87.

알베르 카뮈 연보

1913년 11월 7일 알제리 몽도비에서 아버지 뤼시엥 오귀스트 카뮈(Lucien-
Auguste Camus, 1885년생)와 어머니 카트린느 생테스(Catherine Sintès,
1882년생)의 둘째 아들로 태어난다. 아버지의 직업은 포도농장 지하
창고 담당 노동자이다.

1914년 제1차 세계대전의 발발로 아버지가 프랑스 보병연대에 징집된다. 어
머니는 두 아들과 함께 (자신의 어머니가 사는) 알제리의 수도 알제의
빈민가 벨쿠르로 이주한다. 아버지가 마른 전투에서 중상을 입은 후
생브리외크 병원에서 사망한다.

1918~1923년   초등학교 재학시절 담임교사 루이 제르맹의 총애를 받으며,
그의 추천으로 장학생 선발시험에 합격하여 중고등학교에 진학한다.
훗날 카뮈는 노벨문학상 수상 연설집 『스웨덴 연설』을 그에게 헌정

　　　　　　　　이방인

한다.

1924~1930년　　알제의 뷔조 중고등학교에서 장학생으로 수학한다.

1930년　　바칼로레아 시험을 치른다. 알제 대학 문과반에서 장 그르니에 교수를 만나 사제의 연을 맺는다. 훗날 스승에게 『안과 겉』, 『반항인』을 헌정하며, 스승의 책 『섬』*Les Îles*에 서문을 쓴다.

1931년　　외할머니의 집을 떠나 정육점 주인인 이모부 귀스타브 아코의 집에서 산다. 외할머니가 사망한다.

1934년　　대학동문 시몬 이에와 결혼하지만, 2년 후에 이혼한다. 이후 잊고 싶은 추억인 듯 이 결혼생활에 대해서 극도로 말을 아낀다. 건강 문제로 병역을 면제받는다.

1935년　　공산당에 가입하지만, 2년 후에 제명된다. 〈노동극단〉을 창설하고 연극 활동에 몰두한다. 작가와 배우와 관객이 우정을 나누는 무대를 사랑하여 평생 연극계를 떠나지 않는다.

1936년　　헬레니즘과 기독교의 관계를 주제로 하여 「기독교적 형이상학과 신新플라톤 철학」이라는 제목의 졸업논문을 발표한다. 중부 유럽을 여행하던 중 아내 시몬 이에의 부정不貞을 알게 되어 그녀와 이혼한다.

1937년　　처녀작이라고 할 수 있는 산문집 『안과 겉』*L'Envers et l'endroit*을 발표한다. 무엇인가 탐탁하지 않았던 듯 이 작품의 재출판을 오랫동안 허락하지 않는다.

1938~1940년　　파스칼 피아가 창간한 신문 『알제 레퓌블리캥』에서 기자생활을 한다.

1939년　인간과 자연의 결합을 축복하는 산문집 『결혼』*Noces*을 발표한다. 알제
　　　　리의 산악지방 카빌리를 탐사하여 「카빌리의 참상」*La misère de la Kabylie*
　　　　이라는 제목의 기사를 쓴다. 제2차 세계대전이 발발한다.

1940년　파스칼 피아의 주선으로 프랑스 신문 『파리 수아르』의 편집 담당 직
　　　　원으로 채용되어 파리로 이주한다. 『이방인』을 탈고한다. 리옹에서
　　　　알제리 오랑 출신의 수학 교사 프랑신 포르와 재혼한다.

1941년　알제리의 오랑으로 가서 잠시 교사 생활을 영위한다.

1942년　프랑스로 돌아와서 레지스탕스 운동에 참여한다. 전후 최고의 소설
　　　　가운데 하나로 꼽히는 『이방인』*L'Étranger*을 발표한다.

1943년　부조리 철학을 담은 에세이 『시시포스 신화』*Le Mythe de Sisyphe*를 발표한
　　　　다. 사르트르의 희곡 『파리떼』*Les Mouches*의 리허설 공연장에서 사르트
　　　　르를 만난다.

1944년　희곡 『오해』*Le Malentendu*를 발표한다. 사르트르와의 우정의 관계가 시
　　　　작된다. 레지스탕스 신문 『콩바』의 편집부에서 활약한다. 『콩바』의
　　　　편집장이 된다.

1945년　쌍둥이 자녀 장과 카트린이 태어난다. 독일 협력자 숙청 문제와 관
　　　　련하여 소설가 프랑수아 모리악과 논쟁을 벌인다. 희곡 『칼리굴라』
　　　　*Caligula*를 발표하여 대성공을 거둔다.

1946년　미국을 방문하여 대학 특강을 하며, 대학생들에게서 뜨거운 호응을
　　　　얻는다.

1947년　소설 『페스트』*La Peste*를 발표하여 즉각적인 호평을 받는다. 정치적 논

쟁을 계기로 메를로퐁티와 결별한다.

1948년 희곡『계엄령』*L'Etat de siège*을 무대에 올리지만, 실패한다.

1949년 희곡『정의의 사람들』*Les Justes*을 발표하여 대성공을 거둔다. 연극배우 마리아 카사레스를 만나 연인 관계를 맺는다.

1950년 동시대 문제에 대한 의견을 모은 『시사평론 1』*Actuelles I*을 발표한다. 파리에서 아파트를 구입하고, 오랑에 머물던 가족을 불러 함께 산다.

1951년 반항 철학을 담은 에세이『반항인』*L'Homme révolté*을 출간한다. 반항과 혁명에 대한 견해 차이로 인해 앙드레 브르통과의 불화가 깊어진다.

1952년 『반항인』 출간을 계기로 사르트르 진영과의 일대 논쟁이 1년 이상 계속되는데, 논쟁은 결국 사르트르와의 절교로 끝난다.

1953년 『시사평론 2』*Actuelles II*를 발표한다. 아내 프랑신의 우울증이 심화한다.

1954년 산문집『여름』*L'Été*을 발표한다. 알제리 민족주의 세력이 폭력시위를 조직한다.

1955년 『이방인』을 상찬했던 롤랑 바르트가『페스트』를 비판함으로써 촉발된 불화가 돌이킬 수 없는 상처를 남긴다. 폭력 사태가 격화된 알제리에 다녀온다.

1956년 알제리 전쟁 중에 민간인의 희생을 줄이기 위해 휴전을 제안하지만, 동향인들로부터 혹독한 비난을 받는다. 포크너의『어느 수녀를 위한 진혼곡』*Requiem pour une nonne*을 각색하여 무대에 올린다. 전편이 독백에 가까운 대화체로 구성된 문제작『전락』*La Chute*을 발표한다. 헝가리 민중 봉기를 지지한다.

1957년 단편소설집 『유배지와 왕국』*L'Exil et le royaume*을 출간한다. 『사형에 대한 성찰』*Réflexions sur la peine capitale*을 발표한다. 우리 시대 인간 의식에 제기된 주요 문제를 규명한 공로로 노벨문학상 수상자로 선정된다.

1958년 노벨문학상 수상 연설집 『스웨덴 연설』*Discours de Suède*을 발표한다. 미숙함이 느껴져 오랫동안 재출판을 허락하지 않았던 처녀작 『안과 겉』을 새로운 서문과 함께 재출판한다. 『시사평론 3』*Actuelles III*을 발표한다. 엑상프로방스, 아비뇽, 압트가 이루는 삼각지대 한가운데 위치한 루르마랭에 별장을 마련한다.

1959년 도스토옙스키의 『악령』을 직접 각색하고 연출하여 무대에 올린다. 『반항인』 논쟁 이후 긴 슬럼프에 빠져 있었지만, 루르마랭에서 심기일전하여 『최초의 인간』*Le Premier homme*을 의욕적으로 집필한다.

1960년 갈리마르 출판사 사장의 조카인 미셸 갈리마르의 자동차로 루르마랭에서 파리로 가던 중, 파리 근교 빌블뱅에서 불의의 자동차 사고로 사망한다.

이방인

옮긴이 유기환

한국외국어대학교 프랑스어과를 졸업했고, 프랑스 파리 8 대학교에서 '노동소설의 미학' 연구로 불문학 박사학위를 받았다. 현재 한국외국어대학교 프랑스어학부 교수로 재직하고 있다. 『알베르 카뮈』, 『조르주 바타이유』, 『노동소설, 혁명의 요람인가 예술의 무덤인가』, 『에밀 졸라』, 『프랑스 지식인들과 한국전쟁』(공저) 등을 썼고, 카뮈의 『반항인』, 바르트의 『문학은 어디로 가고 있는가』, 바타이유의 『에로스의 눈물』, 졸라의 『나는 고발한다』, 『실험소설 외』, 『목로주점』, 『돈』, 『패주』, 외젠 다비의 『북 호텔』, 그레마스/퐁타뉴의 『정념의 기호학』(공역) 등을 번역했다.

현대지성 클래식 48

이방인

1판 1쇄 발행 2023년 2월 21일
1판 3쇄 발행 2024년 1월 4일

지은이 알베르 카뮈
그린이 윤예지
옮긴이 유기환
발행인 박명곤 **CEO** 박지성 **CFO** 김영은
기획편집1팀 채대광, 김준원, 이승미, 이상지
기획편집2팀 박일귀, 이은빈, 강민형, 이지은
디자인팀 구경표, 구혜민, 임지선
마케팅팀 임우열, 김은지, 이호, 최고은

펴낸곳 (주)현대지성
출판등록 제406-2014-000124호
전화 070-7791-2136 **팩스** 0303-3444-2136
주소 서울시 강서구 마곡중앙6로 40, 장흥빌딩 10층
홈페이지 www.hdjisung.com **이메일** support@hdjisung.com
제작처 영신사

ⓒ 현대지성 2023

"Curious and Creative people make Inspiring Contents"
현대지성은 여러분의 의견 하나하나를 소중히 받고 있습니다.
원고 투고, 오탈자 제보, 제휴 제안은 support@hdjisung.com으로 보내 주세요.

현대지성 홈페이지

이 책을 만든 사람들
편집 이은빈 **디자인** 구경표

현대지성 클래식 살펴보기